共鳴関係

真崎ひかる

幻冬舎ルチル文庫

CONTENTS ✦目次✦

共鳴関係

✦カバーデザイン＝久保宏夏（omochi design）
✦ブックデザイン＝まるか工房

イラスト・椿森 花✦

共鳴関係

《序章》

音漏《も》れを防ぐ、二重になっている窓を閉めて鍵《かぎ》をかけた。ついでに、外の光を遮断する分厚いカーテンも引く。

この家には自分しかいないとわかっているけれど、念のため廊下側のドアの施錠《せじょう》も確かめる。

……これで、完璧《かんぺき》な密室の出来上がりだ。

誰にも邪魔されることなく、思う存分浸ることができる。

奏音《かのん》は小さく吐息《といき》をつき、部屋の真ん中に置かれているグランドピアノへとゆっくり歩み寄った。

揃《そろ》いのイスに腰を下ろし、艶々《つやつや》とした白黒の鍵盤《けんばん》に両手を乗せると、ポロンと叩《たた》いて和音を響かせる。

防音室に反響したピアノの音は、ゆっくりとフェイドアウトして……指先に伝わる鍵盤の冷たさに、自然と微笑が浮かんだ。

「……気持ちいい」

きっと、今の奏音は恍惚《こうこつ》とした表情になっている。

今度は、音が出ない強さで鍵盤の右端《みぎはし》から左端まで指を滑らせる。ツルリとした手触りがなんとも言えず心地いい。

艶のある白と黒の鍵盤をジッと凝視《ぎょうし》して……コクンと喉《のど》を鳴らした。

まるで、奏音を誘いかけているみたいだ。

「ふ……っ」

密《ひそ》やかな吐息を漏らすと、左手をコットンパンツのウエスト部分から下腹部へと潜り込ませた。

この防音室は、内の音を漏らさないだけでなく、外からの物音も一切遮断している。かすかな衣擦《きぬず》れさえ耳に届くほど、静かだ。

「ン……、ぁ、は……っ」

その静寂の空間に、奏音が漏らす熱っぽい吐息だけが満ちる。

背中を丸めて目の前の鍵盤に身体《からだ》を預けると、バラバラな不協和音が耳を打った。聴覚が繊細《せんさい》で音感の鋭い奏音には不快極まる音だ。

身体の芯《しん》に点《とも》りつつあった熱が、下がりかけてしまう。

「その音……ダメ」

ほんのわずかに眉《まゆ》を顰《ひそ》めて、宥《なだ》めるように鍵盤に唇《くちびる》を押しつける。

今度は大きな音が出ないよう、そっと頬《ほお》を置いた。その頬に鍵盤のひんやりとした感触が伝わってきて……一度は下がりかけていた熱が、再び湧《わ》き起こる。

自身に触れる指から遠慮が剝《は》がれ落ち、淫《みだ》らな熱に背中を押されるまま絡みつかせた。

「ぁ……ん、んっ」

目を閉じて、滑らかな鍵盤に触れる感覚だけに神経を集中させ……独りきりの秘め事に漂《ただよ》った。

《一》

玄関先でカタンと小さな音が響いたような気がして、奏音は目を落としていた画集から顔を上げた。

何気なく見上げた壁掛け時計は、正午を少し過ぎたところを指している。

風の音だったかと、再び画集を眺《なが》めようとしたところで、来客を知らせるベルの音が聞こえてきた。

「今日は、二十日……だっけ。ハウスクリーニングじゃないよな？」

月に一度のハウスクリーニングは、月初めの一日にやってくることになっている。

曜日も日にちも関係のない毎日を送っている奏音にとって、唯一といってもいい暦を認識する出来事だ。

宅配は専用のボックスに置いていくし、受け取り印が必要な郵便は後で手続きをすればいい。

訪問販売か、近所の子供のいたずらか……。

なんにしても、自分が急いで応対する必要のないものだろうと決め込んで、ソファから動こうともしなかった。

そうして無視していたら不在だと諦めて去るだろうと思っていた訪問者だが、執拗《しつよう》にベルを鳴らされてムッと眉根を寄せる。

注意を引くため、より聴覚を刺激するように作られているこの音は不快だ。繰り返し鳴らされると、頭の芯に変に響く。

「……しつこい」

不機嫌につぶやいた奏音は、頑《かたく》なに無視を試みていたけれど、視界の隅に違和感を覚えてビクンと肩《かた》を震わせた。

恐る恐る、庭に面した窓に顔を向ける。

「な……っ」

レースのカーテン越しに、窓のすぐ傍《そば》でこちらに向かって手を振る人影があった。反射的に立ち上がった奏音の膝《ひざ》から、分厚い画集が鈍い音を立てて床に落ちる。

不審人物が侵入してきたのかと、身構えたけれど……。

「奏音！　いるなら、ドアホンに応えろよっ」

「え……」

思いがけず名前を呼びかけられて、目をしばたたかせた。

リビングの窓は防音ガラスではないので、ぴっちり閉めていても大きな声や物音は隙間《すきま》から入ってくるのだ。

カーテンが視界を邪魔して、そこにいる人物の姿はハッキリと見えない。

三メートルほどの距離にある窓越しに、訝《いぶか》しい思いで庭の人影を凝視する。そうして奏音が見ていることはわからないはずなのに、庭の人物が言葉を続けた。

「おーい、いるんだろ奏音。俺だよっ。陽貴《はるき》、ハル兄っ！　忘れてないよな？」

「陽貴……？」

その名前には憶《おぼ》えがある。そして、親しげに自分を『奏音』と呼ぶ『陽貴』には、一人しか心当たりがない。

そっと窓に歩み寄った奏音は、カーテンを開けて窓の鍵を開錠した。サッシ窓を開けて、庭にいる青年を見下ろす。

キャップを被《かぶ》った人物の顔はハッキリ見えなくて、疑問を含んだ声で呼びかけた。

「ハル兄？」

「そうそう、ハル兄ちゃんだよん。久し振りだな、奏音」

被っていたキャップを外しながら奏音を見上げ、親しげに笑いかけてきた青年は、まったく逢《あ》わずにいた数年のブランクを感じさせない。

陽貴……八歳年上の豊川《とよかわ》陽貴は、奏音の母親の姉の、息子《むすこ》。つまり、奏音にとっては従兄《いとこ》だ。

不審者でないことには安堵《あんど》したけれど、今度は種類の違う疑問が湧く。

どうして、彼がここに……。なにをしに？

最後に顔を合わせたのは、確か奏音が中学に入学する直前の春休みだったから、丸五年前になる。

互いに一人っ子ということもあってか、子供の頃から実の兄のように面倒を見てくれた陽貴を、幼い奏音はとても好きだった。

ただ、ここ数年疎遠になっていたのは、双方に原因がある。

陽貴は、なにかと面倒な母方の親戚《しんせき》とできる限り関わりたくないと態度と行動で示し、奏音も可能な限り自分の殻に籠《こも》ろうとしていた。

陽貴が年に一度の親戚の集まりに参加しなくなったのと、奏音が参加しなくなったのは、ほぼ同時期だ。

結果、五年に亘《わた》る空白期間が生じた。

そんな陽貴の予告なしの訪問に戸惑い、どう話しかければいいのかわからない。言葉もない奏音をよそに、彼はマイペースだ。

「入っていいか？」

そう言いながら靴《くつ》を脱ごうとしていることに驚き、唇を引き結んだまま慌てて首を左右に振った。

「なに？　ダメ？」

「じゃ、なくて……玄関、開けるから」

突然の訪問に戸惑いは拭《ぬぐ》いきれなかったけれど、リビングの窓から入ってこられるよりはマシだ。

陽貴は、玄関を指差した奏音に「ああ、了解！」と笑いながら大きくうなずいて、身体の向きを変えた。

奏音が戸惑った顔をしているのはわかったはずなのに、子供の頃そのままの態度だ。

奏音は、開け放していた窓を閉めながら、「なに……？」と不安の滲《にじ》む独り言を零《こぼ》した。


「好きなほう、飲んで」

右手に緑茶、左手にコーヒーのペットボトルを握って差し出すと、陽貴は「サンキュ」と笑ってコーヒーを手にした。

どこに腰を下ろそうかと迷い、ゆったりとしたソファの端に座る。反対側の隅に腰かけた陽貴とは、二メートルほどの距離がある。

「……大きくなったな、奏音」

「そう……かな」

陽貴の言葉に、奏音は曖昧《あいまい》に首を傾《かし》げて答えた。

確かに、五年前よりは大きくなっているとは思う。でも、奏音自身に成長したという実感は乏《とぼ》しい。

比べる相手は身近になくても、同じ年代の少年の平均値より身長も体重も下回っていることは自覚している。

「いくつだ？　因《ちな》みに俺は、二十五」

「……十七」

「十七って、高校何年だっけ？」

「……春から三年」

無愛想《ぶあいそう》に、聞かれたことにだけポツリポツリと答える奏音は可愛《かわい》げのない態度だと思うけれど、陽貴は気にする様子もなく話しかけてくる。

「平日なのに、家にいるんだな。春休み、にはちょっと早いか？」

「単位制だから」

平日の昼下がりに自宅にいるのは、奏音が在籍《ざいせき》している学校のカリキュラムが一般的な公立高校とは異なることが理由だ。

海外のコンクールに参加するような本格的な音楽活動をしていたり、スポーツの試合のために国内外へ遠征したり……通常の授業に出席できない生徒が多いため、レポート提出と定期テストのみで高校の卒業資格を得ることができる。

奏音は中等部から在籍しているのだが、始業式や終業式であっても生徒が全員揃うことはないので、同じクラスにどんな人がいるのかさえよくわからない。

「あ、そっか。そういや、聞いたことがあったな」

「………」

朗《ほが》らかに笑う陽貴をよそに、奏音はうつむき加減で自分の手元を見詰める。

独りきりでいることに慣れているせいか、こうして近くに自分以外の人間の存在があるというだけで、なんとも気詰まりだ。

なにをしにきたのか知らないが、早く用事を済ませて帰ってくれないだろうか。

頑なな顔で、心の中で『帰れ、帰れ』と繰り返す奏音をよそに、陽貴はとことんマイペースで話し続ける。

「メチャクチャ久し振りにこのあたりに来たら、迷子《まいご》になるかと思った。目印にしてたコンビニとかレンタルビデオ店が、ゴッソリ別の店に入れ替わってんだもんな。やっぱ都会は変化が激しーよなぁ」

参った、と片手で髪を掻《か》き乱《みだ》して笑う陽貴に、そっと首を傾げた。都会は、などと、まるですごい田舎《いなか》に住んでいる人のセリフみたいだ。

陽貴が住む伯母《おば》宅も、都心のはず……？

奏音は口に出さなかったけれど、顔に疑問が浮かんでいたのかもしれない。

「あ、俺、高校を卒業してすぐに家を出て、一人暮らしをしてるんだ……って言ってなかったか？」

陽貴が続けたのは、車で二時間ほどの位置にある地方都市の名前だった。言われてみれば、聞いたことがあるような気がする。

陽貴は、大学進学もせずに家を出て、好き勝手なことをしている……と。

ここ数年、両親ともロクに会話をしなかったし親戚関係とは見事なまでに疎遠になっているので、頭から追い出していた。

「俺、一族のはみ出しっ子だからな。高校も普通科だったし、大学にも行かなくて……親父《おやじ》なんか、容赦《ようしゃ》なく汚点呼ばわりしやがる。凡人《ぼんじん》のなにが悪いって思うけどさー」

苦い口調で『一族』や『凡人』と言う陽貴に、奏音の胸にも黒い靄《もや》のようなものが広がる。

自分たちの親族は、所謂《いわゆる》芸術方面に長《た》けた人間が多いのだ。前衛作家と呼ばれる画家だったり、百貨店のショッピングバッグを手がけたこともある高名なデザイナーだったり、奏音の両親のようにプロとして音楽活動をしていたり。

芸術的才能が遺伝するとは考え難《がた》いので、育つ環境が大きな要因だと奏音は思っている。

自身を凡人と称して、はみ出しっ子と自嘲《じちょう》する陽貴は、どの分野にも当てはまらないらしい。

奇妙な選民意識のようなものを誇る親戚たちは好きではないので、奏音も『凡人の何が悪い』という陽貴には同意だ。

「……僕も似たようなものだけど」

つい、ぽつりと答えてしまい、失敗したか……と口を噤《つぐ》む。反応の薄かった奏音が答えたことで、陽貴は身を乗り出して聞き返してきた。

「そうか？　奏音は、叔母《おば》さんたちの自慢だろ。でかいコンクールで賞をもらったり、ドイツだかオーストリアだかにまで行って……」

「そんなの、何年も前だ。神童も、成長したらただの人だった……って、よくあることだと思うけど。僕も、例に漏れずそのパターンだった、ってだけ」

今の奏音にとっては不快なばかりの陽貴のセリフを遮ると、感情的にならないよう、極力淡々と言い返した。

陽貴は、伯母から自分についてなにか聞いているのだろうか。

なにが目的で、どうして突然こうして訪ねてきたのかわからず、どんな態度を取ればいいのか迷う。

「……ご両親は、相変わらずか？」

「うん。今は……イギリスだったかな」

奏音の母親は、ピアニストだ。父親は、バイオリニスト。どちらも自身の公演やコンクールの審査員に招聘《しょうへい》されたとかで、国内外を飛び回っている。

レッスンのための防音室まで備えた自宅はあるものの、両親が帰ってくるのは年に数回だ。

おかげで奏音は、誰にも邪魔されることなくこうして気ままな日々を送ることができているのだが……。

「奏音」

「……なに？」

改まった調子で名前を呼ばれた奏音は、聞こえていないふりをすることもできず陽貴に顔を向ける。

目が合った途端《とたん》、陽貴が手を伸ばしてきた。

反射的に身構えた奏音の肩を、ガシッと力強く摑《つか》んでくる。

「な、なんだよハル兄」

「いいか、若者。真昼間から家に閉じ籠っていたら、カビが生えるぞ。ってわけで、ちょっと俺と来い」

「は……ちょっと、って？　ハル兄、なに……っっ。来いって、どこに？　嫌だよっ」

戸惑いの声を上げる奏音に取り合わず、陽貴は奏音の二の腕を摑んでソファから立ち上がった。

奏音も、引きずるようにして強引に立たされて戸口に向かうことになる。

「細っこい腕をしやがって。もやしっ子ってやつだな。連れ出されるのが嫌なら、実力で俺から逃げればいい」

「いきなり、なんだよ……っ！」

足を突《つ》っ張《ぱ》って抗《あらが》おうとしても、陽貴の力は強くて……ズルズルと廊下に連れ出されてしまう。

実力で逃げろと言われても、奏音の精一杯の抵抗など陽貴にとっては抵抗の数に入らない微々たるもののようだ。

「俺の城に招待してやる」

「え、遠慮する。ヤダ……ハル兄！」

嫌だ、と。普段は感情を露《あらわ》にしない奏音にしては珍しく、大きな声で明確に拒絶の意思を示したつもりだ。

けれど陽貴は聞こえていないふりを決め込んだらしく、歩みを緩めることも奏音を振り返ることもなく玄関へと足を向けた。

□　□　□

「もうすぐだからな。疲れたか？」

「…………」

運転席から話しかけてきた陽貴に、無言を貫くことで抗議を示す。陽貴はそんな奏音の態度を気にかけることなく、マイペースで話し続けた。

「一軒家に一人だから、部屋を持て余してるんだ。好きなだけいろよ」

「……好きなだけ、って……」

その言葉にはさすがに驚いて、奏音は無言を貫こうと決意していたことを忘れて聞き返した。

陽貴はハンドルを握ったまま、チラリと奏音に目を向けて笑う。

「ホームステイ。このあたりは適度に田舎で、いいところだぞ」

「冗談、だろ」

ホームステイ？　陽貴の家に？

あまりにも唐突な事態に驚いた奏音は、自分をからかっているのではないかと呆然《ぼうぜん》とつぶやく。

陽貴は、笑ってサラリと返してきた。

「いいや？　大真面目《おおまじめ》だけど」

「……帰る。車、停めてよ」

眉を顰めた奏音は、今すぐ車から降ろせとシートベルトに手をかけた。

陽貴がなんのつもりで奏音を家から連れ出したのか知らないが、すぐに自宅に戻れるものだとばかり思っていたのだ。無駄な抵抗が面倒になった、というのもある。

でも、陽貴がそんなつもりなら、もっと早くに車を停めさせて引き返しておけばよかった。

「帰る、って……おまえ無一文だろ。もやしっ子のおまえじゃ、歩いたら、明日の朝……じゃ無理かなぁ？　明日の夜くらいには帰りつくかもな。迷わなかったら、だけど。帰り道、どの方向かわかるか？」

無一文。その通りだ。

着の身着のまま、上着にさえ袖《そで》を通すことなくルームウェアで連れ出されたので、財布どころか携帯電話さえ持っていない。

悔しいけれど、どの方角へ向かえばいいのかわからないというのも事実で……当て所なく歩くと考えただけで、うんざりとした気分になった。

陽貴は、呆《あき》れたように笑って「もやしっ子」だと言ったけれど、奏音自身にもその自覚はある。

今の奏音は、体力も、気力も……なにもかもが乏しいのだ。

「ま、家で引き籠ってんのも俺のところで引き籠ってんのも、大して変わんないだろ」

「……母さんたちから、なにか言われた？」

ポツリとつぶやいた奏音の言葉に、なにも言い返してこなかった。

それが、答えだ。

きっと陽貴は、母親か伯母に奏音が半ば引き籠り状態だと聞いて……様子を見にきたのだろう。

そして、噂《うわさ》に違《たが》わぬ「もやしっ子」な奏音を目《ま》の当《あ》たりにしたことで、生来のお節介根性に火が点《つ》いた、というわけか。

「お節介」

思ったままをボソッと口にした奏音に、ハンドルを握り締めた陽貴は腹を立てた様子もなく笑い声を上げる。

「ははは、確かに。でも、可愛い従弟《いとこ》がカビ生やしそうになってんのを見過ごせねーんだよな。おまえは不本意かもしれないが、退屈しのぎをするとでも思ってつき合え。家にいなきゃならん理由なんか、ないんだろ」

「………」

奏音は返事をすることなく、ギュッと眉を顰める。

どうせ……奏音といることなど、陽貴のほうが嫌になる。一緒にいても楽しくもなんともないだろうし、引き籠りの『更生』など不可能だ。

これ以上反発することさえ面倒な奏音は、大きなため息をついて車のシートに背中を預けた。

せいぜい、二日か……三日、長くても一週間くらいだろう。陽貴に嫌気が差してきた頃を見計らって、改めて家に帰ると言えば、厄介《やっかい》払いができて幸いとばかりに放り出されるに決まっている。

その時が来るのを待とうと、ため息の数を重ねて窓の外に目を向けた。

《二》

「……久し振りに見たかも」

膝を抱えて庭の隅に座り込んだ奏音は、ぽつりとつぶやいた。その目には、風にそよぐタンポポが映っている。

一日の大半を空調の整った家の中で過ごしていた奏音は、季節の移り変わりを体感することがほとんどなかったのだ。

こんなふうに色鮮やかなタンポポを見るのは、小学生の頃以来だった。頭上を仰《あお》ぐと、雲一つない晴天が広がっている。

長閑《のどか》、という言葉がピッタリだ。

「奏音、暇そうだな」

不意に背後から頭の上に手を置かれ、ビクッと肩を震わせた。昼食後の片づけを終えたらしい陽貴が、仁王立ちして奏音を見下ろしている。

「すること、ないし」

陽貴に家から連れ出されて、今日で三日になる。自宅にいる時も特別なことはなにもしていなかったのだが、ここでは更にやることがない。

時間を持て余し……庭を眺めたりテレビを見たりして一日を過ごしていた。それも、そろそろ限界だ。

引き籠っていたらカビが生えるぞと言われて自宅から連れ出されたけれど、引き籠る場所が陽貴宅に代わっただけのような気がする。

「じゃあさ、ちょっとこのあたりを散歩してみたら？　前の道を西に行ったところに、おまえの好きそうなモノがあるぞ。案内してやろっか」

奏音が退屈で堪《たま》らない、と言い出すのを待っていたかのように、家を出ることを提案される。

陽貴の思惑に嵌《はま》るようでなんとなく面白くないが、時間を持て余しているのは事実だ。

「いいよ。僕のことは気にせず、ハル兄は仕事してたら？」

陽貴は、この一軒家のガレージを改造した小ぢんまりとした工場で、自動車やオートバイの修理や整備を生業《なりわい》としている。

それだけでなく、農機具や家電等の機械全般を請け負っているらしく、割と頻繁《ひんぱん》に人が訪ねて来ているようだ。

奏音にはよくわからない工具や金属板、ネジといった部品が庭はおろか家の中にまで転がっている。

「なんだ、構ってもらえなかったからって拗《す》ねてんのか？　カッワイーなぁ」

「……違う」

キュッと眉を顰めた奏音は、グシャグシャと髪を掻き乱してくる陽貴の手から逃れた。

別に、放っておかれて機嫌を損ねたわけでもないし、陽貴に近所の案内をしてほしいわけでもない。

むしろ、存在を忘れてくれたほうがいい。余計な干渉は鬱陶《うっとう》しい。

「僕がいたら、邪魔じゃないの？　ご飯作らなきゃとか、手間が増えただけだろうし」

だから、追い出せ……と言外に匂《にお》わせた奏音に、陽貴は含むもののない笑みを浮かべてあっさり否定する。

「いいや？　一人分の飯を作るのが二人分になったところでどうってことないし、可愛いのが近くにいるだけで癒《いや》されるぞ」

どこまで本音かわからないが、ペット扱いか？　犬や猫のほうが、懐《なつ》かない自分よりずっと世話のし甲斐《がい》があると思うけれど。

ふいっと顔を背《そむ》けた奏音は、屈《かが》んでいた膝を伸ばして立ち上がった。

「……ちょっと歩いてくる」

陽貴に連れ回されるくらいなら、一人でぶらぶらしたほうがマシだ。

そうして奏音は露骨《ろこつ》に疎《うと》ましがったのに、陽貴は気分を害したふうでもなく笑ってうなずいた。

「暗くなる前に帰ってこいよ。迷子になったら、通りがかりの誰かに陽貴のところの子だって言えば、連れてきてくれるはずだから」

「………」

無愛想な顔でほんの少し頭を上下させた奏音は、見送る陽貴を振り返ることなく門扉《もんぴ》に足を向けた。


前の道を、西へ……と言っていたはずだが、そこになにがあるのだろう。

陽貴の言葉に従うのは不本意だけれど、目的地があるわけではない。土地勘もないので闇《やみ》雲《くも》にふらふらすることもできず、結局陽貴の言う『おまえの好きそうなモノ』を目指すしかなかった。

車が二台、やっとすれ違うことのできる道幅の道路脇《わき》には、空き地や畑が広がっている。民家や倉庫のような建物もあるが、畑の合間にポツポツ点在しているだけですれ違う人はいない。

奏音が生まれ育った街は、国が発表する地価ランキングで毎年トップ五に入る土地だ。

瀟洒《しょうしゃ》な一軒家が並び、最寄《もよ》りの駅前には高層マンションが建っている。

そんな奏音にしてみれば、とてつもない田舎だった。

コンビニエンスストアどころか、ここまでの道すがら、自動販売機さえないなんて……信じられない。

「あれ、かな」

このまま行ってもなにもないのでは、と陽貴の言葉を疑い始めた頃になって、一際存在感を放つ大きな建物が目に入った。

「え……教会？」

こんな田舎にそぐわない洗練された雰囲気……と言えば失礼だが、尖《とが》った屋根や真っ白な壁、建物の特徴からして、教会としか思えない。

更に近づいたところで、屋根の上に掲げられた十字架をハッキリ視認することができて、やはり教会だと確信した。

その教会の周りは開けた広場のようになっていて、幼稚園児くらいから小学校高学年に至るまでの大勢の子供たちが走り回っていた。遊具と言えるほどのものはないが、二つ並んだブランコや小ぢんまりとした砂場があり、大きな木の下には木製のベンチも設《しつら》えられていて、公園を兼ねているのだと推測できる。

意味もなく大声を発する賑《にぎ》やかな子供が苦手な奏音は、わずかに眉を顰めて教会から目を背けた。

「僕が好きそう……って、まさかコレじゃないよね」

教会という存在に特別な思い入れなどないし、子供に混ざって遊ぶような年齢でもなければ、保育士的な行為を求められているわけでもないはずだ。

では、他になにが……と首を捻《ひね》りつつ教会を通り過ぎると、その脇にもう一つ別の建物があることに気づいた。

少しレトロな外観の洋館は、教会の付属施設かと思うほど似通った造りだ。近づくと、扉《とびら》の脇に看板のようなものが見える。

「なんだろ……オルゴール？」

看板の文字は、シンプルにオルゴール美術館であることを示していた。10～17という数字は、開館時間だろう。その下には、『ご自由にご覧ください』とあり、どうやら無料で開放しているらしい。

陽貴の言う『奏音が好きそうなモノ』は、このオルゴール美術館に違いない。

「好きって、勝手に決めないでほしいな」

奏音は看板から目を逸《そ》らすことなく、ボソッと不快感を滲ませたつぶやきを零した。

音楽に関するものは好きだろうと、決めつけられるのはあまり愉快ではない。音楽一家の名に恥じないピアニストになるよう期待されていた自分が、ピアノを遠ざけて両親を失望させたことは、陽貴も知っているはずだ。

でも……オルゴールに興味を引かれないと言えば、それは嘘《うそ》になる。美術館というからには、きっと色んな種類のものが並んでいるのだろう。

「ちょっとだけ、覗《のぞ》いてみようかな。どうせ、暇だし」

そう、自分に言い訳じみたことをつぶやいて、扉へ続く五段ほどの階段を上った。観音開きの扉は片方のみ開け放たれていて、恐る恐るそこから中を覗いてみる。

レトロなのは外観のみでなく、建物の内部も随分と歴史を感じさせる雰囲気だった。床の板は、元の色がわからない深みのあるブラウンだ。天井《てんじょう》から吊《つ》るされている重厚なシャンデリアタイプの照明も、その大仰《おおぎょう》さが時代を感じさせる。

大正か、昭和初期か……建築当時は、貴族などの上流階級の人間が所有する建物だったのだろうと想像がつく。

六角形の壁に沿ってガラスケースが並べられており、その中に様々な大きさのオルゴールが展示されていた。

戸口から遠慮がちに覗き込んでいた奏音だったが、人影のない静かな空間に警戒心を薄れさせる。

そろりと足を踏み入れると、ホール状になっている空間を見回した。二階があるのか部屋の中央部に螺旋階段があり、侵入を防ぐ紐《ひも》に『立ち入り禁止』の小さなプレートが下がっている。

「あれも……オルゴールだよね」

奥まったところにある、奏音の背丈を超える大きさの……一見すると家具のようなものに目が留まった。

床板を踏んだ足の裏が、ギッと軋《きし》んだ音と共に少しだけ沈む。外界から隔絶されたような静けさの中、ゆっくりと足を運んだ。

大きなオルゴール……装置と呼んだほうがしっくりきそうなものの前に立ち、

「へぇ……オルガネッタ？」

剝《む》き出しになった金属のパイプと、木製の枠組みに小さく首を傾げた。その脇にある、レコードプレーヤーのような形のものもオルゴールの一種らしい。

一つ一つに、白いカードに印字された説明書きが添えられており、目をしばたたかせて視線を走らせる。

「手動のパイプオルガン型オルゴール、かぁ」

ご要望があれば、実演します……と記されているが、誰がどうやって？

だいたい、ここに置かれているのは結構な値打ちものばかりだと思うけれど、こんなに無防備で大丈夫なのだろうか。

防犯カメラの類《たぐい》も、目につくところにはない。

ホール内に視線を巡らせながら余計な心配をしていると、螺旋階段の上からカタンと物音が聞こえてきた。

驚いた奏音は、ビクッと肩を震わせて全身を強張《こわば》らせる。息を詰めて、階段の上部を凝視した。

どこかの扉が開く蝶番《ちょうつがい》の軋む音に続いて、階段の上に人影が差した。

「……あれ、珍しくお客さんかな？」

若い男の声だ、と認識した瞬間、奏音の身体から硬直が解けた。

悪いことをしていたわけではないのだが、咄嗟《とっさ》に口から出たのは「ごめんなさい」の一言だった。

「お、お邪魔しました」

早口でそう続けて、さっき入ってきた扉に向かう。慌てて走り去ろうとする奏音の背中を、男の声が追いかけてきた。

「あっ、ゆっくり見ていっていい……のに」

急いで階段を駆け下りた奏音の耳には、男の声はきちんと最後まで聞こえなかった。

振り返ることなく建物を出て、しばらく走り続け……息苦しさが限界に達したところで、ようやく立ち止まる。

「は……ッ、はぁ……はぁ」

背中を屈めて、自分の膝に手をついて忙《せわ》しない息を繰り返した。久し振りに全力疾走《しっそう》をしたせいで、心臓がバクバクと猛《もう》スピードで脈打っている。

そうして、道路の端で佇《たたず》むこと、数分。乱れた息が整う頃になって、ようやく冷静さを取り戻した。

シャンデリアが邪魔をしていたから、姿はハッキリと見えなかったけれど……声は、若い男のものだった。

ものすごい勢いで逃げ出した奏音は、きっと不審人物だと思われたに違いない。

オルゴールには興味を引かれるけれど、もうあそこには行けない……。

自分の対人スキルの低さを改めて思い知らされてしまい、自己嫌悪を嚙《か》み締めながら、とぼとぼ来た道を戻った。


陽貴が仕事場にしているガレージの前を通りかかると、奏音が戻ってきたことに気づいたらしく、工具を手にした陽貴が顔を覗かせた。

「お帰り、奏音。どうだった？」

「なにが？」

陽貴がなにを尋ねているのかわかっていながら、無愛想に淡々と返す。

そんな可愛げのない態度の奏音にも、陽貴は相変わらず気にする様子もなく、笑って言葉を続ける。

「オルゴールだよ。行ってきたんだろ？」

「……いっぱいあった」

ポツリと答えると、陽貴はパッと顔を輝かせた。

ズカズカ距離を詰めてくると、油で黒ずんだ手で奏音の肩をバシッと叩く。

「中まで入ったんだな。やっぱ、おまえが好きそうだと思ったんだよ」

その反応に、奏音は、失敗した……と眉を顰めた。行っていない、もしくは中を覗いていないことにしておけばよかった。

子供じみた拗ね方だとわかっているけれど、オルゴールに興味を示すだろうという陽貴の思惑に嵌ってしまったようで、なんとなく面白くない。

唇を引き結ぶ奏音に、陽貴は笑みを絶やすことなく言葉を続ける。

「あいつ、表面上は人当たりがいいからさ。とりあえず女子供には優しいし、まぁ……人畜無害だから、人見知りなおまえでも大丈夫だろ」

「……？」

あいつ？

怪訝《けげん》な顔になったであろう奏音に、陽貴は「あれ？」と首を傾げた。

「オルゴール美術館に、同性としてムカつくレベルのイケメンがいただろ。あいつ、俺の高校時代の同級生なんだ。卒業後しばらくブランクがあったんだけど、偶然ここでバッタリ顔を合わせてさ……って、いなかったか？」

奏音が怪訝な顔をしているせいか、陽貴は笑みを引っ込めて目をしばたたかせた。

もしかして、螺旋階段の上から声をかけてきた人のことだろうか。若い男の声だとは感じたが、どんな顔をしていたかまでは見えなかった。

「人がいたのは、わかったけど」

話しかけられると同時に逃げ出してしまったのだと、みっともないことは言えなくて、言葉を濁《にご》す。

そうして誤魔化したつもりだけれど、奏音の反応である程度察したのか、陽貴は小さくうなずいた。

「そっか。じゃあ、明日にでも改めて引き合わせてやるよ」

「いらな……」

紹介してやる、という陽貴に奏音は断り文句を口にしかけた。けれど陽貴は、構わず話し続ける。

「気になるものがあったら、触らせてくれるし音も聴かせてくれるぞ。手先が器用らしくて、オーダーを受けてオリジナルのオルゴールを作ったり、アンティークものの修復なんかもやってるみたいで……陳列してるもの以外にも、色々あるんじゃないかなぁ。結構な値打ちものなんかも集まってきてるらしいぞ」

兄貴ぶった余計なお節介を突っぱねるはずだったのに、「いらない」と言い張れなくなってしまった。

陳列されていたもの以外にも、色々ある。

触ったり、音を聴いたりできる。

……色あせた剝き出しのパイプが並ぶ巨大な楽器は、堪らなく美しかった。どんな音を奏でるのか、気にならないと言えば嘘だ。

「俺は、ゲージュツ性がどうの……ってよくわかんないけど、稀少《きしょう》価値の高いものなんかもあるらしいぞ。隣に教会があっただろ。あそこの先代の神父が、個人的趣味で集めたり、寄贈されたり……で、いつの間にか美術館レベルになったってさ。で、今はそいつ……二階《にかい》堂《どう》っていうんだけど、その男が維持管理してるんだよ」

「……へぇ」

無関心を装って気のない相槌《あいづち》を打ったのだが、奏音が興味を引かれていることは陽貴にはお見通しなのだろう。

なんとも嬉《うれ》しそうな顔をしていて、気まずい。

「じゃ、明日な」

そんなふうに、明日の予定を決めつけられても……拒否できなかった。

無言の奏音に『了解』を見て取ったらしく、陽貴は、

「夕食、なににしようか。なんでも、おまえのリクエストを受けつけるぞ」

そう嬉しそうに笑いながら、ツナギの腰あたりに真っ黒に汚れた手を擦《こす》りつけている。

奏音はわざと顰め面《つら》を作り、ボソッと答えた。

「その真っ黒な手で作ったものなんか、食べたくない。弁当屋のでいい」

「なんだよ、洗えば落ちるって……ある程度は」

「……のり弁でいい」

「ちぇっ。僕が作る、って言ってくれたら最高なのになぁ。カッワイー奏音ちゃんの飯、食ってみたいなー」

陽貴はなにやらブツブツ言っていたけれど、奏音は聞く耳持たずとばかりに背中を向けた。

奏音が食事を？

無理だ。炊飯器《すいはんき》で米を炊《た》く自信もない。せいぜい、カップラーメンに湯を注ぐとか冷凍食品をレンジでチンするくらいだ。

陽貴は、そんな奏音に三食食べさせてくれる。それだけでなく、洗濯や布団《ふとん》の上げ下げまでしてくれて、かいがいしく面倒を見てくれる。

これまで奏音は、空腹が限界に達した時に冷凍食品やインスタント食品を食べて腹を満たし、眠くなったら寝て……独りきりの家で時計を見ることさえない生活を送っていた。それがここに来てからは、規則正しい一日を送る陽貴のおかげで、普通の人と同じ生活リズムを取り戻しつつある。

手がかかる子供みたいな奏音は、鬱陶しくないのだろうか。まだここに、奏音を引き留めるつもりなのだろうか。

陽貴は、なにを考えている？

「引き籠りを更生させてやろうって、ボランティア精神？　本当にお節介」

どうしても陽貴の目的がわからなくて、ぽつりとつぶやく。

憂鬱《ゆううつ》な面持《おもも》ちの奏音は、玄関先で靴を脱ぎながら「物好きだな」と続けて、小さなため息をついた。

《三》

翌日の昼食後、陽貴は気乗りしないと態度で表す奏音の手を引いて家を出た。強引な陽貴に抵抗できなかったわけではないけれど、腕を掴む手を振り払って逃げる気力もなく、唇を引き結んだ奏音はのろのろと足を動かす。

車どおりもまばらで、静かだ。畑の上を小鳥が囀《さえず》りながら飛び交い、道路脇の草が風にそよいでいる。

……今日も長閑だ。

「滅多《めった》に客が来ないからって、看板の開館時間を無視して好き勝手してるんだよな。でも、この時間だとほぼ間違いなくいるはずだからさ」

弾んだ声で話しかけてくる陽貴は、なにかにつけ無関心だった奏音が興味を示したことが嬉しいと、隠そうともしない。

奏音は言葉を返すことなく、洗濯しても落ちないらしい黒い油汚れが染みついたツナギの背中をぼんやりと目に映しながら、陽貴の後をついていった。

昨日は子供が走り回っていた教会周辺には、人影一つない。下校時間には、少し早いせいだろう。

　ここまでの道でも、すれ違う人はなく……数台の車に追い抜かれただけだった。街外れということも、人けの少ない理由かもしれない。

　迷うことなく昨日の『オルゴール美術館』の階段を上がった陽貴は、シンと静まり返った館内に向かって大きな声を上げた。

「おーい、二階堂！　いるんだろ。客だよ」

　天井が高いせいで、陽貴の声が反響する。その反響音が消える前に、昨日と同じく上からドアの開く音が聞こえてきた。

「うるさい、豊川。大声を出さなくても聞こえる」

　声で、『客』の正体を摑んだのだろう。陽貴の名前を呼びながら、螺旋階段の上に人影が現れた。

　上階を見上げながら、陽貴が言葉を続ける。

「おまえ、集中してたら周りの音をシャットアウトするだろ。値打ちものもあるだろうに、本っ当に不用心だな」

「幸い、これまで盗難被害に遭《あ》ったことはない。滅多に人が来ないのは、おまえも知ってのとおりだ。……っと、本当に客か？」

　言葉の途中で、陽貴の陰に隠れるようにして奏音が立っていることに気づいたのか、男の声がやわらかなものになる。

ゆったりとした足取りで螺旋階段を下りながら、友人に対する気安さを捨てた丁寧な口調で話しかけてきた。

「失礼しました。……お客さんは珍しいもので。豊川が、ここに誰かを連れてきたのは初めてだな」

話しながら階段を下りきった男は、『立ち入り禁止』のプレートがかかった紐を跨《また》いで奏音と陽貴の前に立つ。

陽貴も、百六十三センチしかない奏音より十センチほど上背があるけれど、この男は陽貴に更に十センチ近くプラスした長身だった。

「従弟なんだ。奏音ってーの。カワイーだろ」

ポンと背中を押されて、奏音はふらりと足を踏み出した。

挨拶《あいさつ》と自己紹介を促されたのだということはわかっていたけれど、唇を引き結んだまま軽く頭を上下させる。

「…………」

そっと窺《うかが》い見た男の顔は、なるほど……陽貴曰《いわ》く『同性としてムカつくレベルのイケメン』だ。

それだけ確かめた奏音は、目が合いそうになったところでさり気なく視線を落とした。

言葉がないばかりか、ニコリともしない無愛想な態度にもかかわらず、陽貴に二階堂と呼ばれた男は不機嫌さを感じさせない声で奏音に話しかけてきた。

「へぇ……従弟か。豊川に似てなくて、本当に可愛いな。……二階堂信乃《しの》です。豊川と同じ、二十五歳。奏音くんは、中学生？」

チラリと目を向けた奏音に、微笑を浮かべた二階堂は、尋ねているようでいて確信を持った言い方で「中学生」という一言を口にした。

自分が実年齢より幼く見られることに慣れている奏音は、表情を変えることなく淡々と言い返す。

「……高校生」

ポツリと無愛想に口にした奏音に、二階堂は意外そうに目をしばたたかせた。奏音に代わって、陽貴が「失礼なヤツだ」とつぶやいたことで、カリカリと頭を掻く。

「っと、ごめん。高校生か」

「いえ、子供っぽく見られることには慣れてますから」

反応の鈍い奏音相手になにを話せばいいのか、わからなくなったのかもしれない。シン……と沈黙が広がる。

場を繕《つくろ》おうとしてか、陽貴が早口で話し始めた。

「えっと、それで……さ、奏音にオルゴール聴かせてやってくれるか？　おまえのお勧めのやつ」

「それはいいけど、お勧め……ね。好みがあるからなぁ。奏音くんは、どれか聴いてみたいものはある？」

二階堂は、思案の表情を浮かべて奏音に尋ねてくる。

聴いてみたいもの、か。

できれば、全部聴いてみたいと言いたいところだけど……どれか一つを選ぶなら、一番奥にあるものだ。昨日目にした、装置の脇にある説明カードには、手回しオルガンと書かれていた。

「……あれ」

奏音の視線を辿《たど》って振り返った二階堂は、あっさり、

「いいよ。ちょっと待ってね」

と答えて、大股《おおまた》で大きな装置の前に立った。

箪笥《たんす》に似た観音開きの扉を開けると、電話帳を連想するシート状のものを取り出して装着している。

「近くで見なくていいのか？」

脇に立つ陽貴に促されたけれど、奏音は小さく首を左右に振った。

「音が聴けたらいい、から」

「おーい、二階堂。怖がられてるぞ」

奏音が遠巻きにする理由が、二階堂を怖がっているせいではないとわかっているはずなのに、陽貴は揶揄《やゆ》する調子で友人にそう言い放つ。

振り向いた二階堂は、

「やだなぁ、怖いかな……」

などと、笑って返してきた。目が合ってしまって無言で首を左右に振る奏音に、笑みを深くする。

二階堂はそれきりなにを言うでもなく装置に向き直り、側面にある大きなハンドルを操作した。

ぶおん……と、耳慣れない音が館内に響く。

「こうしてハンドルを回せば、音が出る仕組みになってる。……シートに音階の穴が空いているんだ。手回しオルガネッタと呼ばれるもので、金属の盤を使うオルゴールとは少し違うかな。パイプオルガンの一種なんだ」

装置が奏でるのは、空気をたっぷりと含んだ音だ。曲名はわからないが、確かに旋律を奏でている。

耳を澄ませる奏音の脇で、陽貴は、

「箪笥の屁《へ》みたいな間の抜けた音だな」

と、情緒《じょうちょ》の欠片《かけら》もない感想をつぶやいた。

眉を顰めた奏音が抗議するより先に、振り向いた二階堂が口を開く。

「頼むから、おまえは黙ってろ。ったく、デリカシーのない……これだから浪漫《ロマン》を解さない男は」

同意だ。

ジロッと睨《にら》み上げた奏音に、陽貴は気まずそうな誤魔化し笑いを浮かべた。

「怖い顔するなよ。ったく、俺はいないほうがいいかもな。仕事もあるし、先に帰ってるから」

「……ハル兄が帰るなら、僕も帰る」

一人で置いていかれそうな気配を察して、奏音は半歩後ろに足を引いた。

二階堂が手を止めたことで音楽も止まり、ホール内に静寂が戻る。

「他のものも、聴かせてあげるよ？　ディスク型のオルゴールもいっぱいあるし、あっちはシリンダー型の原型に近いもので……」

「今日はいいです」

ぽつりと答えた奏音を、可愛げのない子供だと思ったはずだ。けれど二階堂は、そんなことはおくびにも出さず、温和な口調で続ける。

「じゃあ、また明日にでもおいで。今度は、奏音くんが好きなものを触ればいい。無頓着な豊川とは違って、繊細なオルゴールのよさをわかってくれそうだ」

「野蛮人《やばん》で悪かったな。奏音、主《あるじ》の許可も出たことだし、色々触らせてもらえ」

「……うん」

小さくうなずいた奏音は、二階堂に軽く会釈をして踵《きびす》を返す。

扉を出る間際、背中に視線を感じて振り向くと、二階堂は微笑を浮かべたまままこちらに手を振った。

奏音はもう一度頭を下げて、小走りで前を行く陽貴の背中を追いかける。

「どうだ、人見知りするおまえでも大丈夫そうだろ？　あいつ、人当たりがいいっていうか……女や子供の受けがやたらといいんだよなぁ。無自覚に口説《くど》き文句みたいなセリフを吐《は》くあたり、天然のタラシだからタチが悪ぃよ。まぁ、女にしてみれば顔がよろしいってだけで、警戒心が薄くなるのかもしれないけど……平等に優しいのを自分が特別だってふうに勘違いさせるのは、罪だよな」

「優しそうだよね。でも……ちょっと、怖い」

思い浮かんだことを、そのまま口にする。ふと零した直後、変なことを言ったと後悔した。

歩みを緩ませた陽貴が、「へぇ？」と半歩後ろを歩く奏音を振り向く。

「怖い？　どんなふうに？」

陽貴の追及に、奏音は改めて二階堂を思い浮かべながら緩く眉を寄せる。

雰囲気も口調も温和な、好青年だ。

顔の造作は、女性ではない奏音にとってさほど重要な判断ポイントではないけれど、印象としては悪くない。

でも、なんだろう。優しい空気と共に、うまく言葉では説明できない違和感のようなものを覚えたのだ。

「……わかんない。ハル兄の友達なのに、変なこと言ってごめんなさい」

でも、決して嫌な感覚ではない。逆に、他人に対して無関心な奏音にしては珍しく、妙に気になる。

どう言えばいいのかわからなくて、奏音自身もなんだか気持ち悪い。

「いや、それはいいけど。そっか、怖い……か。まぁ、胡散臭《うさんくさ》いのは事実だ」

友人に対して変な言い方をした奏音に不快な顔をするでもなく、陽貴は微苦笑を滲ませている。

そして、独り言の響きで「やっぱりおまえは、感受性ってやつが豊かなんだなぁ」と、つぶやいた。

前を向き、歩くスピードを戻しながら口にしたのは、

「おまえら、気が合いそうだな」

そんな、思いがけない一言だ。

気が合いそう？

あのやり取りのどこで、そのような感想に至ったのか謎《なぞ》だ。

奏音は怪訝な顔をするだけで、なにも言い返すことができなかった。奏音から返事がないのはわかっていたのか、陽貴はマイペースで歩き続ける。

自ら築いた殻の中で縮こまっていた、これまでとは違う。なにかが、変わる。

……変えられる。

予感は、不安と呼ぶには不可解な高揚感を伴っていて……やはり、よくわからない。

変化は怖いのに、奏音はきっとまた、古びたオルゴールが並ぶあの場所を訪れずにはいられない。

緩やかなカーブを曲がりながら振り向くと、教会の屋根の一部と十字架だけが目に映った。

彼の目に、奏音はどんなふうに映ったのだろう。笑っていたけれど、無愛想で可愛げのない変な子供だと思っていたかもしれない。

これまで、他人にどう見られるかなど気にしたことなどなかったのに、そんな懸念がチラリと湧いた。

□
□
□

なにも告げずにこっそりと家を出るつもりだったのに、タイミングよく陽貴がガレージから姿を現してしまった。

「奏音、出かけるのか?」

これまで、自発的に家の敷地外に出ようとしなかった奏音がいることに驚いたのか、目を瞠《みは》って尋ねてくる。

「あ……うん。ちょっと、散歩……」

もごもごと口籠る奏音に、陽貴はわずかに思案の表情を漂わせていたが、ふと笑みを浮かべた。

「家の中でぼんやりしているより、ずっといいことだな。晩飯までには帰ってこいよ」

目的のない散歩ではなく、奏音がどこへ行こうとしているのか……合点がいったに違いない。

それでも、必要以上に追及することなく嬉しそうにそれだけ口にすると、「行ってこい」と大きく手を振る。

奏音は無言でうなずくと、家の前に延びる道を西へと向かった。

この道を辿るのは三度目なので、周囲の風景にも馴染《なじ》みがある。そのせいか、初めて歩いた時より距離が短く感じる。あっという間に、教会とその脇に建つオルゴール美術館へと到着した。

短い階段を上り、今日も片側だけ開けられている扉の前で立ち止まる。館内に入るのを躊躇《ちゅうちょ》して、その場で深呼吸をした。

昨日の今日だ。

二階堂は気さくに「また明日にでもおいで」と言ってくれたけれど、社交辞令を真に受けたのかと疎ましがられないだろうか。

彼を前にした自分の態度が、よくないものだったという自覚はある。

「……どうしよ」

ここまで来たのはいいけれど、陽貴が「人見知り」と言う消極性が発揮されて、ギリギリのところで動けなくなってしまった。

扉の陰に隠れるようにして引き返すべきか迷っていると、思いがけない近距離から二階堂の声が聞こえてきた。

「あれ、奏音くん……だよね？　いらっしゃい」

「っひ！」

しかも、言葉と共に背後から肩に手を置かれて、ビクッと身体を震わせる。引《ひ》き攣《つ》った奇妙な声を上げた奏音は、弾かれたように振り向いた。

「おっと」

すぐ後ろに立っていた二階堂は、奏音の肩を叩いたのであろう右手を顔の横に上げて、目を丸くしている。

二階堂を見る自分の顔が、どんなものなのか奏音自身にはわからなかったが、

「ごめん。後ろから声をかけたから、ビックリさせた？　君の驚き具合に、おれのほうがビックリした」

そう言いながらクスリと笑われてしまい、カーッと頬が熱くなるのを感じた。

不意打ちで声をかけられたとはいえ、まるで幽霊にでも遭遇《そうぐう》したかのような驚き方だった……と、過剰反応を恥じる。

「ごめんなさい」

頭を下げて、そうつぶやきながら二階堂の脇をすり抜けようとしたら、慌てた調子で「待って」と言いながら腕を摑まれた。

「オルゴール、触りにきてくれたんだよね？　おれ一人では食べ切れないくらい、たくさんお菓子をもらってきたところだし……お茶を淹《い》れるから、奏音くんさえよければゆっくりしていってよ」

左手に持っている紙袋を上げて、親しい友人をティータイムに誘うかのように笑いかけてくる。

初対面ではないとはいえ、人見知りの激しい奏音は戸惑って曖昧に首を振る。

「でも、僕が、そんな……」

「信徒さんのおばあちゃんが作ったスコーン、美味《おい》しいよ。クロテッドクリームも一緒にもらってきたし、甘いものが嫌いでなければ」

どう？　と笑みを深くした二階堂は、無理を強いるわけではないけれどこれ以上固辞できない空気を纏《まと》っていた。

なんだろう。本人が意図しているかどうかは不明だが、巧みに自分のペースに他人を巻き込む、不思議なオーラを持っているとでもいうか。

奏音がジッと見ていると、

「いいね？」

勝手にそう結論づけて、奏音の腕を摑んだまま建物の中に入る。

甘いものは嫌いではないし、もともとここに来ることを目的としていたのだ。

なんとなく釈然としないけれど、二階堂のペースに巻き込まれることにしてゆっくりと足を運んだ。

二階堂は、強すぎない力で奏音の腕を摑んだまま『立ち入り禁止』のプレートが下がる紐を跨ぎ、螺旋階段を上がる。

強く腕を引けば逃れられる絶妙な拘束だ。

それなのに、何故《なぜ》か振り払うことができない。

奏音は二階堂の腕を見ながら、こんなふうに強引にされて拒否感を抱かない自分を不可解に思いつつ従った。

螺旋階段を上った先には短い廊下の突き当たりと両側に扉が二つあり、二階堂は向かって右側のドアノブに手を伸ばした。

「あっちは製作や修復のための作業部屋だから、ゴチャゴチャしているんだ。まぁ、ここも綺麗《きれい》とは言えないけどね」

そう言って扉を開けると、四畳ほどの小部屋の中央に置かれている大きな木製のテーブルが目に飛び込んできた。テーブルの上には、分解されたオルゴールやそのパーツらしいものが散らばっている。

隅はキッチンスペースになっているらしく、小ぢんまりとしたシンクと蛇口《じゃぐち》、電気ケトルが見える。

公開している一階と違い、客を入れることのない空間なのだろう。

「そこのイスに座ってて。インスタントコーヒーしかないけど、いいかな」

「……なんでも」

小さく答えて、二階堂の指差したレトロな木製の丸イスに腰を下ろした。

テーブルに散らばっている金属の小さなパーツを見ているうちに、コーヒーの香りが部屋に満ちる。

視界の隅に、マグカップと半透明の紙に載せられたスコーンが置かれた。顔を上げると、テーブルを挟んだ向かいに二階堂が座る。

「遠慮なくどうぞ」

マグカップを指差しながら促されて、コクンとうなずいた。小声で、「いただきます」と口にしてカップを持つ。

近すぎず、離れすぎない……絶妙な距離だ。

昨日の様子だと、もっと馴れ馴れしく無遠慮に踏み込んできそうだったのだが、奏音が引き気味だったことに気づいたのかもしれない。

熱いコーヒーをチビチビ飲んでいると、二階堂が沈黙を破った。

「豊川の従弟って言ってたけど、あまり似てないな。整った顔は共通しているけど、種類が違う……繊細な美形だ。女の子に人気があるでしょう?」

「そんなこと、ないです」

二階堂が自分の顔を見ていることはわかっているので、顔を上げることなく左右に首を振る。

「謙遜《けんそん》しなくていいのに。左目尻《めじり》の泣《な》き黒子《ぼくろ》とか……色っぽいな」

「……………」

奏音はなにも言えなくて、手の甲でゴシゴシと目尻を拭った。

そうか。これが、陽貴の言っていた『天然のタラシ』とか『無自覚の口説き文句』というやつか。

二階堂の端整な容姿も相俟《あいま》って、奏音が女性なら確かに口説かれているのかと勘違いしたかもしれない。

「ごめん、高校生の男の子に『色っぽい』は、気持ち悪いか」

「……いえ」

否定したけど、容姿の話題は少し苦手だ。

小学生の頃、女の子に人気があるどころか……少女じみた雰囲気は、からかいの対象でしかなかった。

奏音が熱心にピアノを習っていたことも、拍車をかけていたのかもしれない。指を怪我するのを避けるため体育の授業を休むたびに、男子からも女子からも「オトコオンナ。指が大事だから、今日も体育はお休みしますぅ」などと、囃《はや》し立《た》てられていた。

奏音自身は気にしていないふうに無視していたが、今になっても繊細な美形という言葉はあまり褒《ほ》められているとは思えない。

「二階堂さん、こそ……モテる、ってハル兄が言ってた」

自分から話を逸らしたくて、二階堂に話を振る。

二階堂は、小さく笑って言葉を返してきた。

「豊川にどんなふうに聞かされたのか、ちょっと怖いな。嫌われてるって言われるより、モテるって言われたほうがありがたいけどね」

曖昧な言い回しだったけれど、モテるという評を否定しないあたり、やはり相当なものなのだろう。

角が立たないよう、うまく言葉を選んでいる。自他ともに認める不器用な自分とは比べものにならない、コミュニケーション力の高さだ。

コーヒーを含んだ二階堂は、さり気なく話題を変えた。

「スコーンも食べて。お茶が終わったら、下でオルゴールを触らせてあげるよ。興味を持ってもらえるのは、嬉しいな」

「……はい」

奏音は、両手で包み込むようにマグカップを持ったまま、そっとうなずく。

他人と、こんなふうにティータイムを過ごすことのできる自分が不思議だった。

この五年ほどは、ほぼ自宅に引き籠っていたのだ。独りきりの時間に慣れ切っていたので、陽貴と食事をするのも苦痛で……最初の頃は、ほとんど喉を通らなかったし味もよくわからなかった。

それなのに、たった二度しか顔を合わせていない二階堂の前では、ほんのりとあたたかいスコーンを『美味しい』と感じる。
この人の纏う空気は、これまで奏音が知っているどんな人とも違う。
どこがどう違っていて、だからなんなのか……具体的にはわからないけれど。
ただ、奏音にとって不快な空気ではないということだけは確かだった。

《四》

短い階段を上がりきったところで足を止めた奏音は、そっと戸口から顔を覗かせる。

オルゴール美術館の館内は、今日も無人だ。目につく位置に二階堂の姿も見えないので、上の小部屋にいるのだろう。

二階にある部屋は、奏音が入ったことのある部屋を含めて三つ。奏音がお茶を飲ませてもらった簡易キッチンが備えられている小部屋と作業部屋の他に、二階堂の私室があると聞いた。

どうやら二階堂は、そこに住んでいるらしい。

住み込みでこのオルゴール美術館の管理人をしているだけでなく、隣接する教会にも関わりがあるようだ。

「お邪魔、します」

小言でつぶやいて、館内に足を踏み入れる。

こうして通うようになって一週間も経《た》てば、奏音も臆《おく》せず建物内に入ることができるようになった。

展示されているオルゴールは、さすがに美術館を名乗れるだけの数がある。それでも、三日ほどですべて聴き終えてしまった。

けれど奏音は、飽きることなくガラスケースを覗き込む。

「綺麗だな」

くすんだ金色のシリンダーを内包するオルゴールの造形美は、素晴らしいの一言だ。奏でる音もそれぞれで違い、興味は尽きなかった。

ここにいたら、ピアノから逃げていても結局は音楽が嫌いになれないのだと、思い知らされるみたいだ。

そういえば……陽貴に自宅から連れ出されてから十日間、一度もピアノに触れていない。

そんなことを意識した途端、急激に喉の渇《かわ》きのようなものを感じた。

コクンと喉を鳴らしたと同時に、

「奏音くん、来てたんだ」

二階堂の声が耳に入り、ビクッと肩を震わせた。声が聞こえてきたほうへと、慌てて身体を捻る。

悪いことをしていたわけではないのに、ドクドクと心臓が激しく脈打っていた。

「っ、あ……お邪魔してます」

二階にいると思っていたのに、二階堂は外から入ってきた。基本的にこの建物にいるようだが、用事がある時は隣接する教会に行っているようなので、今もお隣にいたのかもしれない。

奏音と目が合った二階堂は、変な顔をしていないかと不安になる奏音を訝しく思っている様子はなくて、ホッとする。

うまく取り繕えているみたいで、よかった。

ピアノに関しては、自分が普通ではない状態になるという自覚がある。二階堂に、変な子だと思われたくはない。

奏音が肩の力を抜いたところで、二階堂は「そうだ」となにやら思いついたように言いながら手招きをした。

「奏音くん、ちょっと手を貸してもらってもいい？」

「……いい、けど」

なにか目的があってきているのではなく、ここでオルゴールを触らせてもらうだけなのだ。断る材料がない。

自分ができることなど、大してないけど……と思いながら二階堂の前に立つと、彼は予想外の行動に出た。

「じゃあ、こっち」

「えっ、あの……っ」

奏音の手首をやんわりと摑み、踵を返して階段を下りる。

外に連れ出されるなどと思っていなかった奏音は、戸惑いを滲ませて二階堂に手を引かれるまま歩き続けた。

どこへ行くのかと思えば、隣の教会だ。毎日前を通りかかっていても、教会内に入るのは初めてだった。

通路の両脇に横長のイスが並び、窓から眩《まぶ》しいほどの光が差し込む明るい空間だ。写真やテレビで目にする、スタンダードな教会そのままの光景が広がっている。

十字架が掲げられた祭壇《さいだん》の前に、五、六人の女性が集まっていた。迷わずそこに歩を進めた二階堂は、奏音の背中を軽く押した。

「ヘルプを連れてきた」

「え、僕……が？」

戸惑う奏音に、母親と同じくらいの年齢からおばあさんと呼べそうな年頃の女性たちは、気さくに話しかけてきた。

「人手は嬉しいわ」

「簡単な作業だから、お願いしますね」

「ここに座って座って」

あれよあれよという間に、輪の中に参加させられる。

祭壇の前、床に敷いたレジャーシートに座るよう促された奏音は、縋《すが》る目で二階堂を見た。人見知りの激しい奏音が戸惑っているのは伝わっているはずなのに、彼は微笑を浮かべるだけだった。

この事態がわかっていながら、奏音を連れてきたに違いない。

「陽貴のところの子なんだ。奏音くん」

あまりにも簡単な紹介だ。

女性たちから「陽貴とどんな関係だ」とか、奏音の身の上に関する質問が寄せられるのを覚悟していたけれど、彼女たちは「奏音くんね。よろしく」とだけ口にして、一切の詮索をしてこなかった。

覚悟が空振りする形となって拍子抜けした奏音は、頰の強張りを解いて目をしばたたかせる。

質問を寄せる代わりのように、奏音の手に毛糸を編んで作られた小さなマスコットを握らせてきた。

「これに、ストラップを取りつけてほしいの。明日、市内のフリーマーケットで販売するものなんだけど、作業が追いつかなくて」

「こう……して、これだけ。簡単でしょう?」

女性の一人が、奏音の目の前で手本を示す。確かに、飛び入り参加の奏音でもできそうなくらい簡単な作業だ。

よほど切羽詰まっているのか、有無を言わさず奏音の前にマスコットとストラップを積み上げる。

どうやらこれが、奏音のノルマらしい。

「信乃ちゃんは、ラッピングの続きっ。早く早く」

急《せ》かされた二階堂は、苦笑して「はいはい」と答えると、奏音とは別のグループに加わった。

突然のことに戸惑っていた奏音だが、忙しそうな周囲につられてカラフルな毛糸で編まれたウサギや猫を手に取る。

先ほどの手本を思い出しながら、もたもたとストラップを取りつけていると、女性たちは手を止めることなく話し始めた。

「ハルくんって言えば、この前耕運機を直してもらったのに、あの子ったら代金を取らなくて。キャベツでいい……なんて言うのよ」

「うちは、掃除機の修理をお願いしたら、大根二本を請求されたわぁ」

姦《かしま》しく笑って話しながら、手のスピードが落ちないのは……すごい。奏音が一つ取りつけるあいだに、女性たちは二つも三つも完成させている。

唇を引き結んで手元に集中していると、あっという間に時間が流れる。

目の前に積まれていたマスコットの山がなくなった頃、教会内にはオレンジ色の西日が差し込んでいた。

正確な時間はわからないけれど、もう夕方だ。

「よし、無事に終わり！　信乃ちゃん、奏音くん、ありがとね」

おばあさん、と呼んでも差《さ》し障《さわ》りのない年齢に見える女性が、パンと手を打った。

ようやくお役御免《やくごめん》かと、肩で息をした奏音はなにも言えなかったけれど、二階堂が愛想《あいそ》よく答える。

「いいえ。葉子《ようこ》さんのためなら、お安い御用です。先日のスコーン、いつもながら美味しかったですよ。美人で料理上手《じょうず》な奥さんがいる正吉《しょうきち》さんが、羨《うらや》ましいな」

「あはは、またまたこの子ったら上手なんだから。また作ったら、持ってくるわねぇ」

声を上げて笑いつつ、彼女は満更《まんざら》でもなさそうだ。八十歳前後だろうに、少女のような顔をしている。

二人のやり取りを間近で見ていた奏音は、なるほど、天然のタラシだ……と目をしばたたかせる。

座り込んでいた床から立ち上がった女性たちは、

「お疲れ。明日の朝、六時ね。荷物の運搬は、信乃ちゃんが車を出してくれるんだっけ？」

「そうそう、行きだけ信乃ちゃんが運転手になってくれるって。じゃあ、また明日ね。ウチの子が待ちくたびれてるわ」

と、思い思いにしゃべりながら教会の出口に向かった。

振り向いた奏音の目に、こちらを覗いている数人の小学生の姿が映る。母親が作業をしているあいだ、邪魔をしないよう言いつけられていたのかもしれない。

それぞれに、「お腹《なか》すいた」とか、「ご飯カレーがいい」などと言いながら、母親に纏わりついている。

気がつけば、教会内には奏音と二階堂の二人だけになっていた。

「奏音くん、本当に助かった。お手伝い、ありがとう」

「……いえ、猫の手よりはマシ、というくらいしか役に立ちませんでしたけど」

「充分でした。お疲れ」

くすりと笑って、奏音の前髪にさり気なく触れてきた。二階堂の指先が額をかすめ、反射的に身体を逃がす。

過剰反応だっただろうか……と気まずい思いが込み上げてきて、教会内に視線を泳がせた。

「教会、って……初めて入った」

「そうなんだ。ここは、夜でも鍵をかけてないからいつでも誰でも自由に入れるよ。日曜礼拝も、信徒さんでなくても参加自由だ」

「鍵をかけていないって、物騒じゃ……」

奏音の自宅は都心にあるし、レッスン室に高価な楽器を多数保管しているので、防犯意識は高いと思う。

いくら田舎でも、常に無施錠という状況は想像もできない。

「ここの教会は基本的にすべてを受け入れるし、盗《と》られて困るようなものは置いてないからなぁ。一番高価なものは……あれだけど、簡単に持ち出すことはできないだろうし」

イタズラっぽく言いながら二階堂が指差した先には、高さ二メートルはあろうかという巨大なパイプオルガンが置かれていた。

音楽ホールに設置されているような本格的なものではないが、かなり値が張るものだと、両親の影響で音楽に携わってきた奏音にはわかる。

ただ、確かに……二人や三人程度で持ち出すのは不可能だろう。そこまでの労力をかけて持ち出しても、転売は容易ではないはずだ。

無言でパイプオルガンをぼんやり目に映していると、二階堂が話しかけてきた。

「オルゴールが好きなら、パイプオルガンにも興味があるんじゃないかな。よければ触ってみる？　鍵はかけてないから……」

一度も話していないので、二階堂は奏音がピアノを弾《ひ》けるということを知らないはずだ。それとも、陽貴からなにか聞いているのだろうか。

おいで、とパイプオルガンに誘導されそうになり、慌てて頭を左右に振った。

「いいっ。興味ない！」

自分でも驚くような大きさの声が出た。しかも、勢いよく頭を振ったせいで、クラッと眩暈《めまい》に襲われる。

奏音の拒絶が予想外に激しかったのか、二階堂は歩きかけていた足を止めて不思議そうに目をしばたたかせた。

「いや、無理に……とは言わないけど」

「……いいです。僕、もう帰る……から」

うつむいてぎこちなくそう口にすると、ジリッと足を引いた。二階堂がなにか言う前に、回れ右をして教会の出入り口に向かう。

逃げるように立ち去る奏音の背中を、二階堂の声が追いかけてきた。

「奏音くん、明日……昼過ぎには戻ってきてるから」

チラリと振り向いた奏音は、なにも答えなかったけれど……二階堂は、笑いながら小さく手を振っていた。

二階堂と、その後ろに見える大きなパイプオルガンと。

その二つが、奏音の目にはやけに明瞭《めいりょう》に映り……ざわざわとした不安に似たものが胸の中に湧き上がる。

これはなんだろう。突き詰めて考えてはいけない、と頭の中で理由のわからない警鐘が鳴っているみたいだ。

気味の悪い奇妙な感覚を抱えた奏音は、走ることで心拍数を上げて不可解な動悸《どうき》を打ち消そうとする。

荘厳な空気を漂わせていた、パイプオルガン。

蓋《ふた》が閉じられていたから見ることはできなかったけれど、ピアノと同じ並びの黒と白の鍵盤は容易に思い描くことができる。

ここしばらく忘れていたはずの欲求が、目を覚ましそうで。

「忘れろ……考えるな」

考えてはいけない……と自分に言い聞かせた奏音は、走りながら強く両手を握り締める。手のひらに爪《つめ》が食い込む痛みで甘美な誘惑を退けようとしたけれど、脳裏《のうり》にチラつく鍵盤の像は、なかなか消えてくれなかった。

□　□　□

……眠れない。

布団の中で数え切れないほど寝返りを打った奏音は、大きく息をついてとうとう上半身を起こした。

「二時……？」

時計を確かめると、草木も眠ると言われる時刻だ。襖《ふすま》を隔てた隣室からは、陽貴の軽い鼾《いびき》が聞こえてきた。

なかなか寝つけない理由は、わかっている。

布団に横たわって目を閉じれば、白と黒の鍵盤が浮かんできて……どうしても振り払えない。

もう一度深く息をついた奏音は、散歩でもしようかと布団を出て玄関へ向かった。

暦の上ではすっかり春となった四月の頭とはいえ、深夜だと肌寒《はだざむ》い。

パジャマ代わりのスウェットパンツと薄手の長袖Tシャツという軽装では、長く外にいられそうになかった。

それなのに、奏音の足は無意識に西へと進路を取っていた。

昼間より更に静かな道を、ゆっくりと歩く。

街灯などほとんどないのに足元に危うさを感じないのは、夜空に浮かぶ丸々とした満月が眩《まばゆ》いほどの光で照らしてくれているおかげだろう。

常に無施錠だと二階堂が言っていたとおりに、教会の扉は呆気《あっけ》なく開いた。

昼間は陽《ひ》の光が差し込んでいた窓から、今は月のほのかな光が入ってくる。薄闇の中、奏音はゆっくりと壁際にあるパイプオルガンへと歩を進めた。

そうしよう、と明確な意図があったわけではない。頭の中は真っ白だった。まるで、見えない糸でパイプオルガンに手繰《たぐ》り寄せられているみたいだ。

木製の蓋にそっと手を乗せ、そろりと持ち上げる。そこにも鍵はかかっていなくて、あっさりと鍵盤が現れた。

「……っふ」

月明かりが浮かび上がらせた白と黒の鍵盤を目にして、無意識に詰めていた息を吐く。指の腹でジワリと撫《な》でれば、ひんやりとした感触が伝わってきた。

「ん……」

背筋を、ゾクゾクと悪寒《おかん》に似たものが駆け上がる。

独りきりになることのない……ピアノとは縁遠かったここしばらくの日々で忘れかけていた淫靡《いんび》な空気が、奏音の全身を包んだ。

ドクドクと激しく脈打つ心臓の音が、耳の奥に響いている。

乾いた唇をチラリと舐《な》めると、右手を鍵盤に触れさせたまま……左手をスウェットのウエストからその中へと滑り込ませた。

「あ、ッ……ン」

その途端、全身が痺《しび》れるような心地よさが走り、ガクンと膝から力が抜ける。右手を鍵盤に乗せたまま床に崩れ落ち、足がオルガンのペダル部分を押す形になった。マズイと思う間もなく不協和音が教会内に響き、ビクッと身体を硬直させる。

街の外れで、周りに民家はない。少しばかり音を出しても、聞き咎《とが》める人はいない……と、祈るように自分に言って聞かせていたけれど、奏音の祈りにも似た期待は呆気なく突き崩されることになった。

「誰かいるのか」

硬い響きの男の声に、心臓が竦《すく》み上がる。

硬直している奏音が答えずにいると、早足で歩く足音が近づいてきた。

「誰……って、え……奏音くん？」

「……ぁ」

聞き覚えのある声に名前を呼びかけられたことで、硬直が解けた。恐る恐る振り向いて、そこに立つ男の姿を確認する。

ほのかな月明かりが、辛《かろ》うじて長身の主が二階堂だと教えてくれた。ハッキリと顔を見ることはできないけれど、言葉もないくらい驚いているに違いない。

沈黙が、息苦しさを加速させる。

「音が聞こえたから、なにかと思ったら……」

沈黙を破って二階堂の口から出たのは、戸惑いをたっぷりと含んだ声だ。

静かな深夜の空気は、隣接するオルゴール美術館にいる二階堂の耳にまで、パイプオルガンの不協和音を届けてしまったらしい。

深夜に、教会に忍び込んで……なにをしているのか。言い訳など思いつかず、ただひたすら心の中で「どうしよう」と繰り返す。

「ええと、奏音くん、だよね？　なに、して……」

大きく一歩踏み出した二階堂は、奏音の脇にしゃがみ込み……言葉を切った。奏音の左手の行方《ゆくえ》に、気づいたのかもしれない。

うまく誤魔化す術《すべ》など知らない。なにをどう言っても、今更だ。

奏音は一言も発することができなくて、奥歯を噛んで二階堂の足元を見据えていると、視界に長い指が映り込んできた。

「ッ、あ……」

顎《あご》の下に手を入れて顔を上げさせられ、視線を泳がせる。目を合わせることはできないが、ジッと奏音の顔を見ている二階堂の視線は感じた。

唇を震わせて、

「ご、ごめ……なさい」

ガサガサにかすれた消え入りそうな声でつぶやいた奏音だったけれど、次の瞬間驚きに目を瞠る。

なに？　視界が真っ暗になって……唇に、やんわりとしたものが……触れた？

「あの」

「奏音くん、ここでなにをしていたのかな」

咎める調子ではない。感情を窺わせない、淡々とした声だった。

けれどそれは、呆然としていた奏音を現実に引き戻して恐慌状態に突き落とすのに充分すぎる効果を持っていた。

「あのっ、ごめんなさいっ。すみません。僕……ッ、ごめ……な、さいっ」

ごめんなさいと、それ以外に言葉が出てこない。

居た堪れなくて慌てて立ち上がろうとしても、足に力が入らない。ふらりと身体が傾いて「転ぶ！」と覚悟したところで、二階堂の手に二の腕を掴まれた。

身体を床に打ちつける衝撃の代わりに、二階堂の指が痛いくらいの強さで食い込んできている。

「二階堂、さ……ん？」

「奏音くん、こんな……秘密の顔を持っていたんだね。少し綺麗なだけの、平凡な子かと思っていたら……」

恐る恐る見上げた二階堂の顔は、昼間に奏音に見せるそれとはどこか違っていた。

微笑《ほほえ》んでいるようで、その瞳には、優しいだけではない……どことなく冷たい色を浮かべている。

第一印象で、怖いと感じたものの正体がチラチラ見え隠れしているようで、目を逸らせない。

恐慌状態に陥りかけていたことも忘れて無言で視線を絡ませていると、二階堂が先に目を逸らした。

「ふ……小さな子供か、動物みたいだ。君の目に、おれはどんなふうに見えているのかな」

「……？」

なにも答えられない。なにを尋ねられているのか、どんな言葉で返せばいいのか、わからない。

ただ、自分に伸びてくる二階堂の手を……拒めない。

「っ、ん……ぁ」

スルリと頬を撫でられ、首筋をくすぐられる。ゾクゾクと肩を震わせた奏音が、拒絶を示していないことがわかったのだろう。

今度はTシャツを捲《まく》り上げて素肌に手を這《は》わされて、グッと息を呑《の》んだ。胸元にまで這い上がり、脇腹を滑り落ち……スウェットのウエストをくぐる。

「逃げないのか？」

尋ねているようで、奏音が逃げないと確信した言い方だ。

ぎこちなく首を左右に振った奏音は、そっと手を伸ばして二階堂が着ているシャツの袖口を握った。

他人が怖かった。それなのに、二階堂の手には微塵《みじん》も嫌悪を感じない。

「なんだろうな。今、すごく……君を泣かせたい」

怖いことを言われていると思うのに、やはり逃げなければならないという危機感は湧いてこない。

ここから、動くこともできない。

自分がどうなっているのかわからなくて戸惑う奏音に、二階堂はじっくりと触れてくる。

泣かせたいなどと言ったくせに、下着の内側にまで入り込んできた手は焦《じ》れるほど優しい手つきで屹立《きつりつ》に触れて……奏音は熱っぽい吐息を零した。

「っぁ、ぁ……ど、しよ。なん、で……僕、こん……な。変、だ」

脈略のない言葉が、吐息と一緒に止めどなく零れ落ちる。小刻みに身体を震わせる奏音に、二階堂は感情を窺わせない淡々とした声で返してきた。

「変かな。変だって言うなら……おれも、同じだ」

奏音の手を取った二階堂は、自分の胸元に押し当てる。手のひらに、ドクドクと激しい脈動が伝わり、奏音は安堵の息をついた。

これまで奏音が知っている二階堂は、端整な顔にいつでも大人《おとな》の余裕を感じさせる笑みを浮かべていた。

今みたいに、ほんの少し険しい表情は初めて目にするもので……でも、何故か胸の内側が甘く疼《うず》く。

無難に取り繕った顔ではなく本質に近い部分を覗かせているのだと、夜の静寂が伝えてくるみたいだ。

自分に触れてくる二階堂に倣《なら》い、奏音も二階堂の下肢《かし》に手を伸ばした。

制止されることはなくて、二階堂自身が『同じ』と口にした言葉に偽りのない、なによりの証拠に触れる。

「同じ……だ」

「だろ？　昼間は、清潔そうな顔をしていたのに……そんな目をするんだな」

二階堂に指摘された『そんな目』が、どのようなものかわからない。ただ、これまで生身の人間に向けたことのないものだということだけは確かだ。

「こんなふうに、誰かに触れてみたいと思ったのは初めてだな。君は……なんなんだ？」

「……さぁ。ア……んっ、ん」

怖い顔で、なんなんだと言いながら屹立に絡む指に力を込めてくる。

奏音は熱っぽい息を零して、同じように二階堂に触れた。

奏音も、聞きたい。二階堂は、奏音が知っていたどんな人間とも違う。いったい、なんなのだ……と。

熱い。初めて感じる熱量だ。

自分の喉を通る息も、指に感じる二階堂の熱も……なにもかもが、奏音から思考力を奪い去る。

「はっ、ぁ……ぁ、も……出、る」

「ン、いい……よ」

「あっ、ぁ……ッふ」

促す強さで指を動かされて、二階堂の肩口に額を押しつける。その頭を摑んで仰向かされたかと思えば、唇を塞《ふさ》がれた。

唇の隙間から舌が潜り込んできて、奏音のものに絡みつく。吐息まで吸い取られるようで、息苦しくて……甘い。

「っぅ……ぅ、ん」

キュッと舌に吸いつかれたと同時に、指の腹で強く屹立の先端部分を擦られて、ビクビクと身体を震わせた。

「ひぁ、ア！」

甘い電流が全身を駆け巡り、痺れるような感覚に包まれる。これまでにない、快楽と一言で表すには熱烈すぎるものだった。

……怖い。こんなものを知ってしまったら、戻れなくなりそうで……。

今まで自分が快感だと思っていたものなど、子供だましでしかなかったのだと思い知らされる。

形容し難い恐怖と、過ぎた快楽が奏音を交互に襲い、身動《みじろ》ぎひとつできない。

そうしてしばらく淫靡な余韻《よいん》に漂っていたけれど、

「は……ぁ」

深く息をつき、ようやく肩の力を抜いた。

いつの間にか、二階堂に触れていた自分の指も濡れていることに気づいて、ぼんやりと目の前に翳《かざ》した。

無意識に白濁を舐め取ったところで、その手を取られる。

「…………」

着ていたシャツを脱いだ二階堂が、無言で奏音の手を拭った。

乱れた服を整えられているあいだも、言葉はない。なにを思っているのか、どことなく険しい顔で奏音を見ているだけだ。

笑みがないと、端整な容貌《ようぼう》からは少し冷たい印象を受ける。

ただ奏音にとっては、これが繕うことのない素の二階堂の姿なのだと感じられて、逆に安心できた。

「送ろうか」

「……ううん」

静かな問いに短く答えて、のろのろと立ち上がった。

月明かりだけが差し込む、静寂に包まれた深夜の教会。

パイプオルガンの鍵盤。

無表情で奏音を見ている二階堂。

なにもかも、現実感が乏《とぼ》しくて……夢の中を漂っているかのような、不可思議な感覚が拭えない。

ふらりと足を踏み出したところで、「奏音」と低く名前を呼ばれた。

「また……」

続く言葉はない。

また、ここで？　それとも、オルゴールが並ぶあの場所で？

二階堂が呑み込んだ言葉の続きはわからなかったけれど、奏音はコクンとうなずいて二階堂に背を向けた。

教会の外に出て、雲一つない紺色の空に浮かぶ満月を見上げる。教会の脇にある大きな樹が、月光に照らされてくっきりとした影を地面に描いていた。

こげ茶色の枝には、ほころびかけた薄紅色の蕾《つぼみ》が見て取れる。葉の一枚もなく枯れ木のようだったのだが、どうやら桜の樹らしいと……今、初めて気がついた。

髪を撫でるひんやりとした夜風も、奏音を未《いま》だ現実に立ち戻らせてくれない。

二階堂に触れた手を見下ろし、まだそこに漂う熱を握り込むように拳《こぶし》を作って……薄闇に包まれた道を歩いた。

《五》

「ふぁぁ……退屈」

奏音は、込み上げてきたあくびを噛み殺すことなく零して、ぽつりとつぶやいた。

休日の昼に放映されているテレビ番組はつまらないし、新聞は広告欄まですべて読んでしまった。

どうにも手持ち無沙汰《ぶさた》だ。今まで、どうやって時間を過ごしていたのか……忘れてしまった。

「あれ、奏音」

なにをするでもなく、縁側に座り込んでぼんやり庭を眺めていると、背後から名前を呼ばれる。

ゆっくりと振り向いた奏音に、陽貴は首を傾げて尋ねてきた。

「今日は、二階堂のところに行かないのか？　ここんところ、日参してただろ。日曜だからお休み、ってわけじゃないよな」

「……フリマに行ってる、って」

「あー……そういやそうだ。教会がブースを出すのに、手伝いに行ってるか。でも、そろそろ戻ってるんじゃないか？　教会から頼まれてたラジオの修理も終わったし、持っていくから一緒に出るか」

用意してくるから、ちょっと待ってろ……と言い置いて工場へ向かった陽貴に、「行くつもりはない」と断るタイミングを逃してしまった。

このところ自ら出向いていたのだから、奏音がオルゴール美術館を訪れることを渋るなど、考えてもいないのかもしれない。

「お待たせ。行くぞ。ほら、しゃっきり動けワカモノよ！」

修理を頼まれていたというレトロなラジオを手に戻ってきた陽貴が、動きの鈍い奏音を急かす。

仕方なく、のろのろ立ち上がって陽貴の後に続いた。

朝食ができたと普段どおりに奏音を起こしにきた陽貴は、深夜に奏音が家を抜け出していたことには気づいていないようだ。

……真夜中の教会で、まるで別人のような空気を纏った二階堂と触れ合った。

あれはほんの半日前のことなのに、時間の経過と共に現実感は薄れる一方で、記憶に霞《かすみ》がかかったようになっている。

「どんな顔、するだろ」

道端で揺れるタンポポを目にしながらつぶやいた。

二階堂と顔を合わせた自分が、どんな態度を取ってしまうか。二階堂が、奏音をどんな目で見るか。

どちらも想像がつかなくて、陽貴の少し後ろを歩く足取りが重くなる。

逃げ腰になった奏音が、コッソリ回れ右してしまおうかと足を止めたところで、タイミングよく陽貴が振り向いた。

「おーい、奏音？　どしたー？」

「あっ、なんでもない。今行く」

ズルい考えを見透《みす》かされたような気分になり、焦った奏音は小走りで陽貴に追いつく。

もうダメだ。このまま、陽貴と一緒に二階堂のところに行くしかない。

二人きりで顔を合わせるのと、こうして陽貴が一緒なのと……どちらがマシなのか、今の奏音にはわからない。

うつむき加減でのろのろ歩いていた奏音だったが、道程《みちのり》は長くない。あっという間に、白い教会とオルゴール美術館が見えてきた。

昼間ということもあってか、教会の扉は開け放たれている。ラジオを手にした陽貴は迷うことなくその扉を入り、奥に声をかけた。

「豊川でーす。ラジオの修理が終わったから、持ってきました！」

奏音の位置からは、陽貴に応対している人の姿を見ることができない。そっと踵を返して、ちらほらと蕾がほころんでいる桜の樹を見上げた。

「三分咲き……にも届かないかな」

月光に照らされた桜の樹と、こうして太陽の下で目にする桜の樹は、同じもののはずなのに纏っているオーラが違うみたいだ。

二階堂にも、同じことが言える。昨夜の彼は、奏音が知っている二階堂とは別人になったみたいだった。

そうしてぼんやり桜を見上げていると、陽貴と二階堂の声が近づいてきて、コクンと喉を鳴らした。

二人に気づかないふりをして桜を凝視していても、心臓が……ドクドクと猛スピードで脈打っている。

「……簡単な修理だったし、最初っから謝礼なんか期待してない」

「じゃあ、せめてフリマで販売してた焼き菓子を持っていけよ。葉子さんと美知子《みちこ》さんの、力作。おれだけじゃ、食い切れないくらいもらってきたから手伝え」

「それならもらってくわ。葉子さんのスコーンは絶品だ」

声が近くなるにつれ、息苦しいくらいの動悸が耳の奥に響き、そっと身体の脇で両手を握り締めた。

「そういや奏音も、葉子さんのスコーンは美味《うま》かったって言ってたな」

視界の端に、陽貴とその隣にいる長身の影が入る。ここまで近くなれば、無視するのはあまりにも不自然か。

スッと息を吸い込んだ奏音は、意を決して身体を捻った。

すぐそこに、二階堂がいる。シャツの胸元に視線を泳がせるのがやっとで……目を合わせられない。

奏音が積極的に話そうとしないのはいつものことなので、幸い陽貴は奇妙な空気に感づいていないようだ。

笑いながら、奏音に話しかけてくる。

「俺は帰るけど、おまえはオルゴールで遊ぶんだろ？」

「あ……えっと」

陽貴は、当然のように自分が帰った後も奏音はここに残ると決めつけている。奏音は咄嗟にどう答えればいいかわからず、戸惑いながら曖昧に首を振った。

陽貴と一緒に帰る、と。どんな理由なら、変に思われない？

言い訳を捻り出そうとする奏音をよそに、二階堂はわずかな動揺も感じさせずに口を開いた。

「そういえば、奏音くんにおれの作ったオルゴールを見てもらおうと思ってたんだ。昨日は、ストラップ付けを手伝ってもらったせいで見せそびれた」

「おまえ、相変わらず器用だよなぁ」

「それを言うなら、豊川こそだろう。おれは、車のエンジンルームを弄《いじ》ったりできないからな」

「……二階堂みたいなのを、専門バカって言うんだろーな」

「バカとは失礼な。学校の成績は、おまえよりよかったはずだが」

「それもそうか。俺が5の評価をもらったのは、技術と体育だけだし」

笑いながら言葉を交わした二階堂と陽貴は、奏音が会話に加わらないことを不審に思う様子もない。

二階堂との会話を切り上げた陽貴は、奏音を見下ろして、

「じゃあな、奏音。晩飯までに帰ってこいよ」

それだけ言い置くと、あっさり立ち去ってしまった。

二階堂と二人だけで取り残されてしまい、奏音の頭の中は『どうしよう』でいっぱいになる。

日曜なのに、教会関係の人たちは皆がフリーマーケットへと出向いているのか……周囲に人影はなく、静かだ。

奏音は奥歯を噛んで自分の足元に視線を落としていたけれど、その視界に二階堂の影が映

り、ビクッと肩を震わせた。

思い切って顔を上げる。

「……あ、の」

喉の奥になにかが詰まったようになっていて、息苦しい。でももう、無言でいることのほうが限界だった。

口を開きかけた奏音だったが、どんな言葉を続ければいいのかわからなくて再び唇を引き結ぶ。

「っ……」

コミュニケーション能力の低さは、自他ともに認めるところだ。それを、改めて痛感させられる。

今の自分は、泣きそうな顔をしているかもしれない。二階堂にどう思われているか、怖いのに……うまく立ち回れない。

指が震えそうになり、強く拳を握り込む。手のひらに爪が食い込んでも、緊張のあまり痛いと感じない。

いっそ、意識を失うことができればいいのに……と現状から逃げることばかり考える奏音をよそに、二階堂は平静そのものだ。

「オルゴール、作業部屋に置いてあるんだ。フリーマーケットに提供したものの、試作品だから、粗削《あらけず》りで音は不安定だけどね」

動揺を押し隠して辛うじて立っている奏音に、一切の気負いを感じさせない口調で話しかけてきた。

驚いて視線を向けると、まともに目が合う。

一メートルほどの距離で奏音を見下ろす二階堂は、これまでと同じ……端整な顔に、温和な笑みを浮かべていた。

「おいで」

微笑を滲ませたまま、手を差し伸べられる。

二階堂は……昨夜のことを、なかったことにしようと思っている？

それなら、奏音も従うまでだ。いや、なかったことにしてくれるのなら、願ったり叶《かな》ったりだった。

奏音は、ふっと肩から緊張を解く。

全身を包むのは、安堵……のはずなのに、かすかな落胆《らくたん》を覚える自分もいて。

とんでもないとしか言いようのない、みっともない姿を晒《さら》したのだ。二階堂のこの態度は、ありがたいもののはずなのに……どうしてだろう。

「奏音くん？」

オルゴール美術館へ向かいかけた二階堂が、立ち尽くしたままの奏音を振り返る。

「あ、はい」

ハッとした奏音は、目をしばたたかせて足を踏み出した。

自分自身がよくわからなくて、なんだか気持ち悪い。釈然としない思いを抱えた奏音は、ギュッと眉を寄せて二階堂の背中を追いかけた。

オルゴール美術館に入って螺旋階段を上る二階堂は、奏音がついてこないのではないかと疑ってもいないようだ。

歩みを緩ませることも振り返ることもなく、マイペースでミニキッチンのある小部屋の扉を開く。

少し遅れてその部屋に入った奏音をようやく振り向き、テーブルの上へ置いてあった手のひらサイズの小箱を差し出してきた。

チラリと見下ろした小箱には、くすんだ金属のドラム型オルゴールがある。

下の、展示スペースにも多く並んでいるので、手動タイプとしてはスタンダードなもののようだ。

「脇にある、このハンドルを回したら……シリンダーが回転する。小さいから、曲って言えるほどのものではないけど、……わかる？」

二階堂の指が小さなハンドルを摘《つま》み、クルクルと回す。ドラムの突起を同じ金属のバーが叩き、かすかな音を発した。

耳を澄ませていた奏音は、レドシラソファミレ……と頭の中に音符《おんぷ》を描き、三小節ほどの旋律にコクンとうなずく。

「ん、星に願いを……だ」

二階堂自身も言っていたように、不安定な音だ。ほんの少しだが、本来の音階から外れている。

それでも、よくオルゴールに使われるその曲だと察することはできた。

「当たり。五百円から千円の値段を想定しているものだから、材料費を考えればこれで精一杯なんだ。まぁ……もともと、趣味で作っていただけだし、お金をもらうのも心苦しいんだけどね」

はい、と手渡された小さなオルゴールを、マジマジと見つめた。

趣味で作るというには、手の込んだものだ。

これで試作品なら、実際にフリーマーケットで販売した完成品はもっと出来がいいということで……製作過程の想像がつかない奏音にしてみれば、

「すごい」

としか、言いようがない。

顔を上げることなく、子供のような感想を一言だけつぶやいた奏音に、二階堂がくすりと笑った。

「結構簡単に作れるよ。奏音くんも、チャレンジしてみる？」

「……不器用だから無理だと思う」

本音では、やったことがない作業をこなす自信がない。

一応、中学の時に『技術家庭科』という授業はあったけれど、楽器演奏をする生徒たちは指に怪我をしないよう実技が免除されていたのだ。

あの頃既にピアノから距離を置きつつあった奏音も、音楽科に属していることを言い訳にレポートのみで単位をもらった。

陽貴のように、様々な工具を操ってネジを留めたり外したりしているのを見ていると、感嘆の息をつくしかない。

「こら、若者。やりもせずに、無理って決めつけたらダメだよ」

冗談めかしてそう言いながら、二階堂の手はグシャグシャと髪を掻き乱す。

奏音の消極性を非難する口調ではなかったけれど、うな垂れた奏音は、小さく「ごめんなさい」とつぶやいた。

「悪いことをしたんじゃないんだから、謝らない！」

今度は、少し強い調子でそう言われる。両手で頭を挟み込んで顔を上げさせられ、ビクッと肩を震わせた。

視線が……合った。

奏音は、自分がどんな目で二階堂を見上げているかわからない。

ただ、動けない。二階堂の手から逃れるどころか、目を逸らすことさえできず、奥歯を噛み締める。

そうして数十秒、無言で奏音と視線を絡ませていた二階堂は、ほんの少し目を細めて唇に微笑を浮かべた。

「全部、おれが教えてあげるよ。……ね？」

二階堂は、奏音の頭を挟み込んでいた手を離してポンと頭の天辺《てっぺん》に乗せると、背中を屈めて笑いかけてきた。

奏音は、ぎこちなくうなずいて、じわっと足を引く。

どうして……二階堂には、「嫌だ」と言えないのだろう。

同じように、陽貴に「触ってみるか」と工具を指差された時は、簡単に「ヤダ」と突っぱねられたのに。

「あとは……そうだ。修理のために預かっているアンティークのものが、ほぼ完成したんだ。いい音だよ。聞いてみる？」

それにも、無言でうなずいて自分の足元に視線を落とした。

普段と変わらない笑顔の下で、二階堂がなにを思っているのか、どうしても推測することはできなかった。

「あ……もう、夕方」

カラスの鳴き声に誘われて窓に目を向けると、空がオレンジ色に染まっていた。そろそろ陽貴の家に帰ろうと、奏音は腰かけていたイスから立ち上がった。

「お邪魔しました。……色々見せてくれて、ありがと」

軽く頭を上下に振って、ぽつぽつと口にする。テーブルの角を挟んだ位置に座っていた二階堂が、

「下まで送るよ」

と、腰を上げた。見送りなどいらないと突っぱねる理由を思いつかず、奏音は無言で螺旋階段を下りる。

背後の二階堂を、やけに意識する。階段を踏む音、かすかな衣擦れでさえ奏音の耳は聞き逃さず、全身で気配を窺う。

あの小部屋で二階堂と数時間を過ごすあいだ、奏音は平常心を保っていたつもりだ。二階堂が『なかったこと』にするのなら幸いと自分に言い聞かせて、これまでどおりに振る舞っていた。

それなのに、こうして二階堂の前を歩いていると、背中に感じる視線が忘れたふりをしていた息苦しさを呼び覚ます。

いつもなら、扉を出る時に一度振り向いて、また明日と手を振るのだけど……どんな顔をすればいいのかわからない。

……このまま、走って出ていってしまおうか。

そんなふうに逃げかかっていた奏音の思考を読んだかのように、二階堂が名前を呼びかけてきた。

「奏音くん」

「ッ！」

扉のすぐ手前で、ビクッと身体を震わせて足を止める。

過剰反応だとわかっているけれど、前触れなく名前を呼ばれたせいで必要以上に驚いてしまった。

振り向くことも逃げ出すこともできず、硬直している奏音の背中に向かって、二階堂は静かな声で話しかけてきた。

「……教会は、今夜も鍵をかけていない」

だから……？

息を詰めて続く言葉を待っていたけれど、二階堂はそれきり口を噤んでしまった。

二階堂の意図がわからなくて怖い。でも、振り向いてどんな顔をしているのか確かめることができない。

奏音は、その場に立ち尽くしたまま両手を握り締める。ドクドクと激しく脈打つ心臓の鼓動が、耳の奥でうるさいくらい響いていた。

沈黙はほんの一分足らずだったと思うが、やけに長く感じる。キシッと床板を踏む音がして、奏音の背中をポンと軽く叩いてきた。

ささやかな接触にもかかわらず、奏音はまたビクンと全身を震わせてしまう。ただ幸いなことに、その弾みで硬直が解けた。

「気をつけて帰るんだよ」

「ッ……ん」

詰めていた息を吐いて、二階堂に背中を向けたまま大きくうなずく。

ぎくしゃくと足を動かして建物を出る奏音を、二階堂はどんな目で見ていたのか……陽貴の家に帰りつくまで一度も振り返ることができなかったので、わからなかった。

□　□　□

二階堂が口にしたのは、『教会は今夜も鍵をかけていない』と、ただそれだけ。

そこで逢おうと、約束をしたわけではない。

待っているから、来るように……と、明確に誘われたわけでもない。

だから、奏音は行かなくてもいいはずだ。きっと、奏音が姿を見せなかったからといって二階堂が怒ることもない。

身体を小さく丸めて布団に包《くる》まった奏音は、そう繰り返し自分に言い聞かせる。

襖を隔てた隣室からは陽貴の鼾が聞こえていて、すっかり寝入っていることを教えてくれた。

昨夜は教会から戻ってからもなかなか眠れず、空が白み始める頃になってようやくウトウトすることができた。

それも、一時間ほどで陽貴に「おはよう」と起こされたので間違いなく睡眠不足なのに、一向に眠くならない。

「なんで、寝られないんだろ」

布団に顔を押しつけて、くぐもった声でぼやいても睡魔がやってくるでもなく……チッチッと時計の秒針が時を刻む音が、やけに大きく聞こえる。

今、何時だろう。

もぞもぞと布団から顔を出した奏音は、枕元にある小さな目覚まし時計を摑んで顔の前にかざした。

「……一時半」

陽貴と「おやすみ」の挨拶を交わして寝床についたのは、日付が変わる前だった。二時間近くも、別れ際に二階堂に言われた言葉を思い出してはどうすればいいか迷い……眠りに逃げることもできず、無意味なことを続けている。

無理やり眠ろうと目を閉じても、否応《いやおう》もなく様々なものが思い浮かぶのだ。

静寂に包まれた、深夜の教会と……大きなパイプオルガン。

昼間とは別人のような空気を纏い、奏音に触れてきた二階堂。

この手で感じた、二階堂の熱……。

「っふ……」

コッソリ吐き出した吐息が、熱を帯びているのを感じた。

ギュッと右手を握った奏音は、ついに睡眠への逃避を断念して身体を起こし、布団から抜け出した。

耳に神経を集中させなくても、陽貴が眠っているのは確実で……きっと、奏音が家を出ても気づかない。

奏音はパジャマ代わりのルームウェアのまま、気配を殺して玄関へと向かった。シューズの踵《かかと》を踏んで外に出ると、丸々とした月を見上げる。

今夜も、昨夜と同じで空には雲一つない。煌々《こうこう》とした月明かりが、奏音の夜歩きを手助けしてくれるみたいだ。

春の匂いを含んだ夜風の中、人どころか車の一台も通らない道を歩く。

辿り着いた教会は電気が点っている様子もなく、静かで……二階堂が中にいるかどうか、わからない。

ここに来るまでのあいだに、奏音からは迷いが抜け落ちていた。頭の中は真っ白で、まるで見えない手に背中を押されているように真っ直《ます》ぐ歩き続けた。

チラホラと花弁を開きかけている桜の脇を通り、教会の扉に手をかける。

物音ひとつせず、トクントクン……奏音の耳の奥で、いつもより速く打つ心臓の脈動だけが響いていた。

鍵をかけていないという言葉どおりに、軽く押しただけで奏音を招き入れるかのように扉が開いた。

スッと小さく息を吸い込むと、扉の隙間から中を覗く。

教会の中は薄暗かったけれど、街灯の乏しい夜道を歩いてきた奏音の目は暗さに慣れていて、窓から入る月光だけで内部の様子を見て取ることができた。

教会の奥、大きなパイプオルガンの前に……白いシャツを身に着けた人影がある。

奏音が一歩足を踏み入れると、訪問者の気配に気づいたのか、その人物が腰かけていたイスから立ち上がった。

こちらに身体を向けて、訪問者が奏音であることを確かめるような間があり……。

「……来たね」

二階堂の声は大きなものではなかったけれど、静かな夜の空気はハッキリと奏音の耳に届ける。

奏音はなにも答えられず、唇を引き結んだままゆっくりと歩を進めた。

薄暗い中、足元に視線を落として慎重に歩く。三十センチほどの距離を残して足を止めると、奏音の視界に二階堂の手が映った。

その手が、奏音に伸ばされて……、

「ぁ！」

手首を摑まれたかと思えば、強く引き寄せられる。身構えていなかったせいでふらついた奏音を、二階堂は危なげなく腕の中に抱き留めた。

薄いシャツ越しに、二階堂の体温が伝わってくる。

幻影ではなく、こうして触れているのは確かに生身の二階堂だと……奏音に知らしめるみたいだ。

「二階堂、さん。なんで……？」

「信乃、だ。奏音こそ……どうして？」

自分が問いかけた『なんで？』の意味、そして二階堂が聞き返してきた『どうして？』の意味。

どちらも、奏音にはわからない。

「信乃、さん。僕は……わかんないから、ここにいる」

夜、二階堂に逢えば、不可解な感情の正体がわかるかもしれないと思っていた。でも、こうして実際に顔を合わせても、なにひとつ答えが出ない。

昼間の二階堂と一緒にいる時は、これほど息苦しくなかった。

まるで、こんなふうに夜の教会で逢ったことなどなかったかのように、振る舞うことができた。

二階堂は、夜の教会で奏音と触れ合ったことの……わずかな気配さえ、感じさせなかったのに。

奏音の背中を抱いた二階堂は、静かな声で口にした。

「おれも、奏音と同じだ」

「……わかんない？」

そっと見上げると、二階堂は昼間の朗らかな笑みを浮かべるでもなく……かすかに眉を顰めて、奏音を見下ろしていた。

人当たりのいい、明るい好青年。陽貴に天然のタラシなどと言われ、誰からも好かれる社交性を持っていて……人見知りする奏音とは正反対。

そんな第一印象は、誤りだったのではないだろうか。

今、奏音の背中を抱き寄せている青年は、得体の知れない闇を内包した瞳でこちらを見ていた。

ジッと視線を合わせていると、ゆっくりまばたきをして奏音から目を逸らす。

「昨夜と、少し違うな。……昨夜の奏音は、もっと……」

小声でつぶやいた二階堂は、戸惑いを滲ませて語尾を濁す。数十秒の沈黙の後、ふとなにかを思い出したかのように身体の向きを変えた。

奏音を腕に抱いたまま、パイプオルガンの前に立つ。

左手をパイプオルガンに伸ばして鍵盤の蓋を開けようとするのに気づき、奏音はピクッと肩を震わせた。

「ゃ……ヤダ」

かすれた声で拒絶を零したことで、なにかを悟ったのだろう。奏音を抱き寄せる右腕に、更に力が込められる。

逃げかかったのを許してくれず、奏音の目の前で二階堂の手がゆっくりと鍵盤の蓋を開けた。

薄闇に浮かぶのは、整然と並ぶ白と黒の鍵盤。

急激に喉が渇く。……目を、逸らせない。

鍵盤を凝視した奏音が硬直していると、二階堂の手に顔を上げさせられた。奏音の顔を覗き込むようにして、見下ろしてくる。

指先が痺れたようになり、二階堂の手を振り払えない。奏音の瞳をジッと見据えた二階堂は、その唇にかすかな笑みを滲ませた。

「わかった。……やっぱり」

なに……が、やっぱり？

奏音の疑問は、顔を寄せてきた二階堂の唇に吸い込まれる。

「ン……」

奏音はビクッと肩を震わせただけで、動くことができなかった。

目の前は真っ暗だ。でも……艶《つや》やかな鍵盤が、瞼《まぶた》の裏に焼きついているみたいで、奏音の頭から思考力を奪う。

二階堂の手が背中を撫で下ろして、ビクビクと身体を強張らせた。

「っん、ぁ……」

重ねられていた唇が離れていき、そっと瞼を押し開く。二階堂は、目を細めて奏音を見下ろしていた。

「ふ……不思議な子だな。昼間の君は、大人しいだけでつまらない子なのに、いきなりスイッチが切り替わったみたいに淫らな生き物になる」

微笑を浮かべてそう言いながら、奏音の唇を指の腹でそっと辿る。

奏音は震える唇を開き、その指先を軽く嚙んだ。

二階堂こそ、皮肉の滲む言葉など口にしそうになかったのに……今は、纏っている空気さえ違う。

「頭で考えるより先に、触れてしまう。これは……なんだろうな。君は、おれになにか呪《のろ》いでもかけた？」

二階堂は、奏音の舌をくすぐるように引っ搔く。

ゾクゾクと悪寒に似たものが背筋を這い上がり、奏音は喉を通る吐息がじっとりとした熱を帯びるのを感じた。

二階堂の指が離れていくと、物足りないような奇妙な感覚に襲われる。

「っ、ん……ん？　信乃、さ……ん、こそ」

呪いでもかけたのではないか、と。

そう聞きたいのは、奏音のほうだ。

誰かにこんなふうに触れられるなんて、考えたこともなかった。誰かに、触れてみたいと思ったこともなかったのに……。

服の上から背中を撫でられ、舌の表面をくすぐられただけで、次から次へと淫らな熱が湧き上がってくる。

何故かはわからない。でも、それが『二階堂の手だから』ということだけは、確かだった。

「なんだろう……な」

途方に暮れたような声でつぶやいた二階堂に、奏音も心中でそのまま返す。

わからない。

触れれば正体が摑めるのではないかと、手探りで答えを探すように……二人ともが不可解な思いを抱えたまま、互いに手を伸ばした。

《六》

昼下がりの日差しはあたたかで、吹き抜ける風が春の匂《にお》いをたっぷりと含んでいる。教会脇《わき》にある桜は、ちらほら咲き始めてからほんの二、三日で五分咲きと呼べるほどに花弁を開かせた。

オルゴール美術館へ向かっていた奏音《かのん》は、扉《とびら》の開いたままの教会から漏《も》れ聞こえてくる音に足を止める。

これは……パイプオルガンの音だ。

「バッハ……。やっぱり、オルガンが似合うな」

ピアノ曲やバイオリン曲、オーケストラ用に編曲されているが、やはりバッハにはオルガンのやわらかな音が似合う。

滑らかに演奏される音楽に耳を傾けていた奏音だったけれど、ふと音が不安定に揺らいだことに気づいて首を傾《かし》げた。

ミスタッチという雰囲気ではない。指が攣《つ》った時に、よくこういう感じで音が飛んだり隣の鍵盤《けんばん》に引っかかったりする。

でも、さほど複雑な旋律ではなかったはず……と目をしばたたかせた奏音は、自然と教会の扉へ歩み寄った。

こっそり中を覗《のぞ》き見たところで、ちょうど出ようとしていた人と鉢合《はちあ》わせしてしまう。

「あっ、ごめんなさい」

「い、いえ……僕のほうこそ」

驚いた顔で立ち止まって奏音を見上げているのは、小学校高学年くらいの女の子だ。見上げてくる、といっても視線の位置は数センチしか変わらない。

「あれ、奏音くん」

奏音と女の子のやり取りに気づいたのか、二階堂《にかいどう》の声が奏音の名前を呼びかけた。顔を上げた奏音は、パイプオルガンの前にあるイスに腰《こし》かけている二階堂の姿に、ほんの少し目を瞠《みは》る。

「あ……」

もしかして、先ほどのバッハを演奏していたのは二階堂なのだろうか。オルガンを弾《ひ》くことができるなんて、一度も聞いたことがなかったけれど……。

「莉奈《りな》ちゃん、やっぱりおれはダメだと思うよ」

イスから立ち上がった二階堂は、苦笑を滲《にじ》ませながら戸口にいる奏音と女の子に近づいてくる。

莉奈と呼ばれた女の子は、二階堂を見上げて唇《くちびる》を尖《とが》らせた。

「えー……信乃《しの》ちゃんだったら、ユキ姉も喜ぶと思ったんだけどなぁ。他に、オルガン弾けそうな人って、誰かいる？」

「んー……」

二階堂は、弱った……とでも言いたげな微笑を浮かべている。人当たりがよさそうで、温和な空気を纏《まと》ったそれは、完全に『昼の二階堂』だ。

「私が弾けたら一番よかったんだけど……。やっぱり、バスケの授業になんか出るんじゃなかった」

そう言って、しょんぼりとした様子で肩《かた》を落とした女の子の左手には、白い包帯が巻きつけられている。

指が動かないよう固定されているし、バスケ云々《うんぬん》という言葉から、体育の授業中に突《つ》き指《ゆび》をしてしまったのだろう。

「圭子《けいこ》ちゃんが、ピアノを習ってたんじゃないか？」

「うん……でも、ユキ姉の結婚式は次の日曜だもん。今から練習して、それまでに弾けるようになるのは、たぶん圭子には無理。せめて、ユキ姉が一番好きな曲だけでも生演奏したかったんだけど……CDを使うしかないかなぁ」

二階堂と言葉を交わした莉奈は、大きなため息をついて残念そうな顔をした。

傍観しているだけの奏音にも、事情は薄々察せられる。

どうやら、次の日曜に共通の知り合いの結婚式があって……莉奈がオルガンを弾く予定だった。それが、指に怪我《けが》をしたせいで適《かな》わなくなってしまい、代役を探しているということか。

ふと、二階堂と目が合う。

奏音はすぐに視線を逃がしたけれど、二階堂がなにかを思いついたかのように話しかけてきた。

「そうだ、奏音くん。君、オルガン……ピアノでもいいけど、弾けるんじゃないか？」

それは、尋ねているというよりも事実の確認といった言い回しだった。

心臓がドクンと大きく脈打ち、奏音は首を左右に振って否定する。

「な、なんで？　僕、ピアノが弾けるとか、一度も言ってないはずだけど」

「いや、だって……結構マイナーなものでも、オルゴールの曲を正確に言い当てるだろう？　ある程度音楽を知らないと曲名なんかわからないだろうし、楽譜《がくふ》を読めないと無理じゃないかなと思って」

的確な指摘に、唇を噛《か》んだ。

物心つく前から音楽が身近にある奏音にとって、オルゴールに使われるような曲は知っていて当然だったし、譜面を見なくてもメロディーをなぞることができる。

音楽と縁の薄い人だと、そうではないと……考えもしなかった。

「……弾けるのっ？」

脇に立っている莉奈が、期待を込めた眼差《まなざ》しで奏音を見ている。縋《すが》るような目、とはこのことだろう。

誰かにこんな目で見られたことのなかった奏音は、無難な断り文句を思いつかない。

「信乃ちゃんの知り合いだよね。弾けるならお願い」

一生懸命という言葉を体現したような顔で、詰め寄られる。ギュッとシャツの袖口《そでぐち》を握られて、戸惑いが頂点に達した。

「あの……僕は、無理だと」

「莉奈ちゃん、おれが話しておくよ。でも、過剰な期待は禁物だからね」

しどろもどろになりながら逃げかけたところで、二階堂が割って入ってきた。莉奈の肩に手を置き、奏音から少しだけ引き離す。

うん、とうなずいた莉奈の手が離れていき、ホッと息をついた。

他人と接することのない生活を長く送っていたせいで、急に距離を詰められるとどうしていいのかわからなくなる。

特に異性とは縁遠かったので、相手は小学生とはいえ困惑する一方だ。

「じゃあ、信乃ちゃん……よろしくね」

見上げて念を押した莉奈に、二階堂は笑って「ハイハイ」と答える。莉奈が教会を出ていくと、二階堂と二人きりになってしまった。

眩《まばゆ》い太陽の光が、窓から差し込んでいる。夜の教会とは異なる、健全そのものといった空気が流れていた。

「で、奏音くん。……弾けるんでしょう」

「二階堂さん、こそ。さっき、弾いてたよね」

問いかけを否定することなく、言い返す。数秒の間があり、二階堂が動くのが視界の隅に映った。

なにかと思えば、奏音の目の前に左手のひらを差し出す。

「ここ……わかる？」

右手の人差し指が示した先、左手の親指のつけ根あたりには傷跡があった。

三センチほどの幅だったけれど、ひっくり返した手の甲にも小さな傷跡があり……鋭い刃物が貫通したような深い傷だったに違いない。

「日常生活には支障がないけど、これのせいで、長い曲を演奏するのは無理なんだ。短い曲なら、なんとか誤魔化せるけど……ね」

言葉を切った二階堂は、奏音の目の前に広げていた手を握り込む。これで自分の話は終わりだと、クッキリとした線を引かれたみたいだった。

その傷の所以《ゆえん》は、なにか……いつ、どうして？　と、追及する隙《すき》を奏音に与えない。

「……君は？」

そして、奏音ができない理由はなんだと、答えを求められる。

言葉のうまくない奏音には、巧みな言い訳を思いつかない。

「下手《へた》、だから」

辛《から》うじて頭に浮かんだものをそっと口にした奏音を、二階堂は静かな目で見つめ返してきた。

嘘《うそ》だろう、と。

眉《まゆ》を顰《ひそ》めて決めつけられたら反発したのに……そんな目で見られたら、詭弁《きべん》を貫き通すことができなくなる。

うつむいて逃げを図ると、二階堂の手に手首を摑《つか》まれた。

「こっち、来て」

「あ……」

嫌だと抗《あらが》う間もなく、手を引かれて教会の奥に誘導される。

先ほど二階堂が弾いていたパイプオルガンは鍵盤の蓋《ふた》が開いたままで、奏音はビクリと足を止めた。

硬直する奏音の両肩に、背後から二階堂が手を置く。

「オルガン、怖い？　……そんなこと、ないよね」

頭の後ろから聞こえる声は、穏やかなものだった。どんな顔をしているのか想像するしかないけれど、微笑を浮かべているに違いない。

目の前のオルガンから顔を背《そむ》けようとしたのに、それより早く二階堂の手が動く。

奏音を両腕に抱き込むような体勢で、オルガンへと距離を詰めた。

「君と……同じ名前を持つ曲だよ」

耳のすぐ近くで聞こえた二階堂の声に、逃げかけていた視線をオルガンへと向ける。譜面台に広げられている楽譜は、パッヘルベルのカノンだった。

母親が好きだという理由で、自分の名前になったと聞かされてきたこともあり……馴染《なじ》み深いものだ。

子供の頃から両親のリサイタルにゲスト出演する度に弾かされたので、ここ数年は演奏機会がなかったけれど、今も指が憶《おぼ》えている。

「座って」

イスに腰かけるよう、促される。

強引に、そうさせられたわけではない。二階堂の口調は静かで、奏音が嫌だと突っぱねれば「そう？」と笑って手を引くはずで……でも、奏音は魔法にかけられたかのように二階堂の言葉へ従った。

頭の中が真っ白になり、なにも考えられない。ストンと長方形のイスに腰を下ろし、目の前の鍵盤を凝視《ぎょうし》した。

二階堂に手を取られて、鍵盤の上へ指を置く。指先に伝わる鍵盤の感触に、ほんの少し肩を揺らした。

……恐れていたような、じっとりとしたほの暗い欲望は……湧《わ》いてこない。

これほど凪《な》いだ気分で鍵盤に触れるのは、どれくらい振りだろうか。少なくとも、この四、五年はなかった感覚だ。

「ピアノと違って、ペダルを踏まないと音は出ないんだけど……知ってるよね？」

奏音が知っていて当然だと、言わんばかりの言葉だった。そして奏音は、授業の一環としてひと通りの楽器を習っているので確かに知っている。

無言で小さく頭を上下させて、二階堂の言葉を肯定した。

本格的な音楽ホールに設置されている大がかりなパイプオルガンだと、複雑な操作が必要となる。

でも、ここにある簡易的なオルガンは電子ピアノとよく似ていて、少し練習すればそれなりに弾きこなせそうだ。

二階堂は、急《せ》かすことなく奏音が自発的にリアクションを起こすのを待っている。

「ピアノ……と同じ、オルガンの鍵盤も、怖かった」

整然と並ぶ白と黒の鍵盤を見詰めて、ぽつりとつぶやく。

ピアノとその鍵盤は、奏音にとって、『劣情スイッチ』としか言いようのないものだった。目にすると、ゾクリとあやしい感覚が背筋を這《は》い上がる。指を置けば、身体の奥底から際限なく熱が湧き上がり……欲情している証拠を、隠せない状態になる。

自分が怖くて、そんな自分を他人に知られることが怖くて……人前でピアノに触れることができなくなった。

以来、中高一貫の学校の音楽科に籍《せき》は置いてあっても、ほとんど登校することなく……自室に引《ひ》き籠《こも》る日々だ。

奏音にとって幸いは、単位制を導入している特殊な私立校だったことか。レポートの提出と進級試験の際にのみ登校する生徒は少なくないので、自分だけが特別に異端《いたん》な存在だったわけではない。

それまで熱心にピアノに向かっていた奏音の突然の反乱に、両親は戸惑い、怒り……頑《かたく》なにピアノ室の隅で蹲《うずくま》る奏音に、やがてなにも言わなくなった。

自宅で独りきりの時間を過ごすうちに、ピアノ室の秘め事は加速して、鍵盤に触れたことで欲情するのか欲情するためにピアノを利用しているのか、奏音自身にもあやふやになってきた。

ただ、ピアノを前にした自分が普通ではないことの自覚はある。二階堂も、深夜の教会で奏音と鉢合わせた時、尋常ではない様子に気づいたはずだ。なにが『スイッチ』になったのかも、きっと察していて……それなのに、優しげな顔でオルガンの前に座らせた。

陽貴は二階堂を『人畜無害』と評したけれど、奏音にはそうは思えない。

一言零《こぼ》したきり、口を噤《つぐ》んだ奏音の肩に二階堂の手が置かれる。

「……過去形？」

――怖かった。でも、今は？

唇を引き結んで自問した奏音は、ゆっくりと背後の二階堂を見上げる。

イスに腰かけた奏音のすぐ後ろに立っている二階堂は、なにを思っているのか読めない無表情でこちらを見ていた。

視線を絡ませた奏音から目を逸《そ》らし、肩から腕……鍵盤の上に乗せた指までを辿《たど》り、また戻ってくる。

「残念。昼の奏音くんだ」

くすりと小さく笑った二階堂は、ほんの少し『夜の空気』を纏っていた。莉奈に向けていた、誰にでも優しくて朗《ほが》らかな好青年の顔ではない。

きっと、奏音だけが知っている顔。

「オルガン……弾ける」

確信を持ってつぶやき、スッと息を吸い込んだ。

両手を鍵盤に置くと、指先に神経を集中させる。足を伸ばし、空気を送り込むためのペダルをグッと踏み込んだ。

天井《てんじょう》の高い教会は音の反響がよく、パイプオルガンの音色が厳《おごそ》かに響き渡る。

目を閉じていても奏でることのできる曲だ。

ただ、五年に及ぶブランクは自覚していたより奏音の指を鈍らせていて、連符が押し寄せる節に差しかかったところでもつれるようになってしまい、ふと動きを止めた。

「は……あ」

深呼吸をした奏音は、ジッと自分の指先を見詰める。

弾けた。自らの欲望を満たすことが目的ではなく、ただ……純粋に音楽を奏でることができた。

教会内に満ちていた音の余韻《よいん》が消える頃になり、ようやく二階堂が口を開く。

「日曜日、生演奏を……引き受けてくれる？　練習する時間はしばらくあるから、大丈夫そうだよね」

二階堂の言葉に、奏音は鍵盤に視線を落としたままポツポツと答えた。

「でも、結婚式……って、大切なものなのに。僕は、部外者で……」

今、奏音が躊躇《ためら》う理由は、オルガンを弾くことが嫌だから……ではない。その変化を、二階堂は敏感に感じ取っているに違いない。

「そのあたりは心配無用。この教会の結婚式は、散歩中に通りかかっただけの人の参列も大歓迎だ」

そう答えて、奏音の左手を自分の手で包んだ。そっと持ち上げて口元に運び……指先に軽く歯を立てる。

感覚の鋭い指先にツキンとかすかな痛みが走り、眉を震わせた。

「……ぁ」

かすかな吐息《といき》を零した奏音と目を合わせると、二階堂は背中を屈《かが》めて端整な顔を寄せてきた。

「この指が、君の名前を冠した曲を奏でるのは……きっと、綺麗《きれい》だ」

奏音は逃れようという素振《そぶ》りも見せずに、眩《まぶ》しいほどの陽光が差し込む中、二階堂の口づけを受ける。

軽く触れただけで唇を離し、再び奏音と視線を絡ませた二階堂は……微笑を浮かべることなく目を細めた。

□□□

夜の二階堂は、きっと彼の本質に近い部分を奏音に見せている。

優しげな微笑を見せることはほとんどなく、どこか冷めた目をしていて……少し意地悪な物言いをする。

二階堂自身が自覚しているかどうかはわからないが、奏音に対しては『人畜無害な好青年』の仮面を被《かぶ》ることをやめたらしい。

それは、奏音にも同じことが言える。

二階堂にだけは、独りきりで抱え込んでいた欲望を曝《さら》け出すことができる……。

「きっかけは？　なにか……身に覚えがある？」

「ぁ、ン……なに、が？」

背後から二階堂の腕に抱き込まれた奏音は、上着の裾《すそ》を捲《まく》り上げて潜り込んできた手に肩を震わせた。

素肌に感じる二階堂の指は、少しひんやりとしている。

「ピアノ……っていうか、オルガンもだから……鍵盤かな。奏音の『スイッチ』が入る要因。なにか、きっかけがあったんじゃないか？」

今夜は空に雲が多いので、教会の中はいつになく暗い。

教会の備品だという、レトロなランタン型のランプがパイプオルガンの脇に置かれ、オレンジ色の光を放っていた。

小さなランプでも、光源としては月明かりよりも優秀だ。奏音の目には、すぐ傍《そば》にあるパイプオルガンの鍵盤が鮮明に映る。

「きっかけ、は……」

あれは、中学に入ってすぐの頃だったか。

当時の奏音が師事していたピアノ講師は、もともと祖母の教え子で……三十代後半だったはずだが、年齢不詳の綺麗な青年だった。

細く、長い指が鍵盤の上を滑る様子は美しく、奏音は週に三度の彼のレッスンを心待ちにしていた。

ある日、甘美な恋を奏でる曲だと解説しながらデモンストレーションをする彼の指をジッと見ていた奏音は、不思議な胸の高鳴りを覚えた。

『奏音くんには、まだピンと来ないかもしれないけど、愛する人に触れるように……愛《いと》しさを指先に込めて。色っぽく、ね』

そう口にしながら、彼の指が鍵盤に触れる。

誰かに触れる時、この指はそんなふうに動くのだろうか。

漠然と思い浮かんだ直後、奏音は自分の身体の奥からなんとも形容し難《がた》い熱が湧き上がることに気づいて、戸惑った。

その指に触れられてみたい。まるで……ピアノの鍵盤になったかのように、この身で指を感じてみたい。

初恋さえ知らなかった奏音は、それが生まれて初めての強烈な欲情なのだと自覚できなくて、ピアノのイスに座ったまま身体を折った。

ズキズキと疼《うず》くものを「腹痛」と言い換えて、半ば泣きながら気分が悪いと訴えたことでレッスンは中止になった。

床《とこ》に臥《ふ》せた奏音は、丸二日に亘《わた》って高熱に浮かされた。かかりつけの医師は病変が見当たらないことから「知恵熱」と診断したが、奏音は自分の異常さが知られてしまうのではないかと怖かった。

「……それから、かな。ピアノ……鍵盤が、信乃さんの言う『スイッチ』になった。自分が怖くて、先生とはそれ以来逢《あ》ってない」

奏音にしてみれば、トラウマじみたものだったのに、静かに語ることのできる自分が不思議だった。

奏音が言葉を切ると、背後にいる二階堂が口を開く。

「つまり……初恋と発情を同時に自覚したってことだ」

身も蓋もない言い方だったけれど、正しくその通りだ。

苦笑した奏音は、「うん」とうなずいて目の前の鍵盤を目にした。

同性に惹《ひ》きつけられること、そして引き金がピアノの鍵盤を辿る長い指だったこと。すべてが、奏音にとって大きな秘密になった。

二階堂に曝け出してしまった今となっては、誰にも知られてはいけないと怯《おび》えていたことさえ、遠い過去のようだ。

独りきりのピアノ室で、鍵盤の上を滑る『彼』の指を思い浮かべて、数え切れないほど淫《みだ》らな秘め事に溺《おぼ》れた。

罪悪感とほの暗い悦《よろこ》びが入り混じる妄想は、欲情のスパイスでもあって……。

なのに、『彼』の指がどんな形だったのか、思い出すことができない。綺麗な人という印象は残っていても、顔さえあやふやだ。

目を閉じれば、瞼《まぶた》の裏に浮かぶのは……今、奏音の肌に触れている指。

「彼は……今の奏音を目にしたら、どう思うかな。自分の手で、この淫らな生き物を育てたかったと惜《お》しむかもしれない」

「そ……れは、ない。あの人は、違う」

音楽だけでなく、あらゆることに対して、ストイックな人だった。こんなふうに欲情する奏音を知れば、軽蔑《けいべつ》していたに違いない。

まるで、共犯者のような二階堂とは、全然違う……。

「あの人……ね。無駄話は、もういいか。今夜もいい声を聞かせてくれる？」

「あ、ア……ん、んっ」

片手は胸元に、もう片方の手はズボンのウエストを潜って下着の中へと潜り込んできて……ビクビクと肩を竦《すく》ませる。

二階堂の手に、記憶を上書きされているみたいだ。

不可解な感覚に包まれた奏音は、熱っぽい吐息を零しながらオレンジ色の光を浮かび上がらせるオルガンの鍵盤を凝視した。

《七》

土曜日は冷たい春の雨が降っていたけれど、翌日曜日は雲一つない好天に恵まれた。その上、教会脇の桜がちょうど満開となり、結婚式のロケーションとしては最高のものとなった。

当日の朝に初めて逢った新婦は、二階堂が「豊川《とよかわ》の従弟《いとこ》。莉奈ちゃんの代わりにオルガンを弾いてくれる」と紹介した奏音に以前からの知り合いのように笑いかけ、「ありがとう。よろしく」と手を握ってきた。

彼女だけでなく、教会関係の人たちは皆、陽貴の従弟という簡単な説明だけで奏音を受け入れてくれる。

初めて立ち会った教会での結婚式は、誰もが新郎新婦を祝福して幸せを願い、あたたかな笑顔で満ちていた。

粛々《しゅくしゅく》と進み、誓《ちか》いを終え……新郎新婦の退場だ。

オルガンに向かった奏音は、二階堂の合図を確認して鍵盤に両手を置いた。

暗譜しているパッヘルベルのカノンを、ゆっくりと奏でる。

パイプオルガンと祝福の声の中、純白のドレスを纏った新婦が新郎にエスコートされて扉を出ていく。

曲を弾き終える頃には、教会内に残るのは二階堂と初老の神父、奏音の三人だけになっていた。

とりあえず役を終えたかと、奏音はふっと安堵《あんど》の息をついてオルガンから手を離す。

なんとも形容し難い、爽《さわ》やかな気分だった。

この数年、身の内に抱えていたドロドロとした欲望は微塵《みじん》も湧かず、純粋にオルガン演奏を楽しいと感じた。

イスに腰かけたままぼんやりしていると、背後から名前を呼ばれる。

「奏音くん、ありがとう」

「いいえ。……いい式でしたね」

振り向いた奏音はイスから立ち上がると、こちらに歩み寄ってきた二階堂を見上げて微笑を浮かべた。

奏音は普段着でいいと言われたのでシャツとコットンパンツという軽装だけれど、教会関係者に並んでいた二階堂は見慣れないスーツを身に着けている。

深いグレーのスーツとミッドナイトブルーのネクタイは、二階堂の持つノーブルな印象をいつも以上に際立たせていた。

こんな格好をしていたら見知らぬ大人《おとな》みたいで、なんだか正視することができない。

さり気なく視線を逃がした奏音の目に、ゆったりとした歩幅で歩いてくる老紳士の姿が映った。

今日の式を取り仕切っていた、この教会の神父だ。外見はまるっきり外国人のようだが、違和感のない流暢《りゅうちょう》な日本語を操っていた。

目が合った奏音に笑いかけると、二階堂の隣で足を止める。

「信乃、彼を紹介してくれないのですか？」

「あ……もちろん。奏音くん。豊川陽貴《はるき》の従弟なんだ」

神父にうなずいた二階堂は、これまでと同じセリフで奏音を紹介する。

奏音は、そっと頭を下げて「早瀬《はやせ》奏音です」と短く口にした。笑みを深くした神父は、自然な仕草で握手を求めてくる。

「フィリップです。今日は見事な演奏をありがとうございます。素晴らしかったです。奏音くんのように弾いてもらえたら、オルガンも喜んでいるでしょう」

「……いえ」

手放しの賛辞が照れ臭くて、握手を交わしながらうつむく。奏音の手を包む神父の手は大きく、あたたかくて……優しい感情が伝わってきた。

こうして神父を前にしてなんとなく後ろめたい気分になるのは、夜の教会での逢瀬《おうせ》のせいだろうか。

彼は、深夜の教会で毎晩のように二階堂と奏音がなにをしているのか……知らない。

昼と夜は完全に別ものだと切り離して、太陽が出ている時間は思い出すこともなかったのに、神父を前にすると罪悪感が込み上げてきた。

手が震えそうになったところで、二階堂が割って入ってくれる。

「フィリップ、奏音は照れ屋なんだ。握手にも慣れていないから、戸惑っている」

二階堂の言葉に、神父はスルリと奏音の手を離した。

奏音はホッとして、身体《からだ》の脇で拳《こぶし》を握った。

心臓が、ドキドキしている。

背徳感を、欲望を高めるための道具にしていた自分が、今更……と苦いものが込み上げてくる。

必死で平静を保つ奏音とは違い、二階堂はわずかな動揺も見せずに神父と言葉を交わしていた。

「おや、そうですか。日本の少年は、シャイだ。信乃のように、レディに対して卒なく対応できるほうが珍しい」

神父の言葉に、陽貴のセリフを思い出した。

天然のタラシと言い放った陽貴と比べればオブラートに包んだ言い回しだけれど、意味合いはほとんど同じだ。

神父の脇で両腕を汲んだ二階堂は、渋い表情で言い返した。

「なんだか、人聞きが悪いな。おれが、女性を見れば誰彼構わず口説《くど》いてるみたいじゃないか」

「ははは、そんなふうに勘違いするレディも多いでしょう」

二階堂の苦情を笑い飛ばした神父は、発言を撤回しない。

きっと、彼が言うとおり……二階堂の言葉を口説かれていると受け取り、舞い上がる女性は多いに違いない。

「それは」

「あ、ここにいたのね」

苦笑を浮かべた二階堂が言い返そうとしたところで、扉付近から少女の声が聞こえてきた。

振り向いた奏音の目に、こちらに駆け寄ってくる莉奈の姿が映る。

オルガン演奏を引き受けてから今日までのあいだに何度か顔を合わせているが、莉奈はいつもジーンズにパーカーといったボーイッシュな服装だった。それが今日は、春らしいレモンイエローのワンピースを身に着けている。

手に持っている百合《ゆり》を中心にしたブーケは、花嫁からもらったに違いない。

「奏音くん、本当にありがとう。ユキ姉、すごく喜んでた。直接お礼を言いたい、って待ってたのに……奏音くんも信乃ちゃんも、見送りに出てこないんだもん。花婿さんと、行っちゃったよ」

頬《ほお》を膨らませて抗議する莉奈に、奏音は小さく「ごめんね」と返した。二階堂は、対外的によく見せる彼のポーカーフェイスでもある微笑を浮かべている。

「……信乃ちゃん、ユキ姉……ホントに待ってたんだよ。だって、ユキ姉は昔からずっと、信乃ちゃんのこと」

「莉奈ちゃん」

二階堂が名前を呼びかけたことで、莉奈はピタリと口を噤んだ。普段の温和なものではなく、いつになくキッパリとした響きだったせいかもしれない。

莉奈を見下ろした二階堂は、静かに言葉を続ける。

「ダメだよ。大人には秘密があるんだ。ユキちゃんは、幸せな花嫁さんだ。莉奈ちゃんの『想像』を口に出したらダメだ」

「でも……」

「ユキちゃん、幸せそうだったでしょう?」

「うん」

莉奈は、納得しかねる様子で唇を引き結んでいたけれど、宥《なだ》めるような二階堂の言葉にコクンとうなずいた。

傍観していた奏音にも、『ユキちゃん』が二階堂に想いを寄せていたのだと……察することができる。二階堂はそのことに気づいていて、素知らぬ顔をし続けたのだろう。

今日、花嫁となった彼女と新郎、二階堂……複雑な感情の交錯があったのかもしれないけれど、奏音が見る限り、新婦は新郎の隣で心底幸せそうに笑んでいた。

「莉奈ちゃん、笑って。せっかくの美人さんが、膨れっ面《つら》をしたらもったいないよ。奏音くんも、そう思うでしょう?」

背中を屈めた二階堂が、そう言いながら莉奈の頬を指先でつつく。突如《とつじょ》名前を出された奏音は、ぎこちなくうなずいた。

「えっ、あ……う、ん。今日の格好、可愛《かわい》い、ね」

二階堂のように、自然な賛辞を口にすることができない。ぎこちない響きの言葉だったと思うけれど、莉奈は嬉《うれ》しそうに奏音に顔を向けてきた。

「本当? 変じゃない……かな」

「全然、変じゃないよ」

今度は、躊躇うことなく「可愛い」と返せた。照れ臭そうにはにかむ莉奈は、本当に可愛い。

「おばあちゃんでも口説く信乃ちゃんみたいないい加減な人じゃなくて、奏音くんにそう言ってもらえると嬉しいな」

「はは……」

莉奈の二階堂に対する容赦《ようしゃ》ない人物評に、思わず笑ってしまう。小学生なのに、なかなかシビアだ。

二階堂と神父は、苦笑を浮かべて顔を合わせていた。

「奏音くん、莉奈の指、だいぶよくなったんだ。だから……時々でいいから、オルガン教えてくれる？」

莉奈からの思いがけない懇願《こんがん》に、目をしばたたかせた。

戸惑って二階堂に目を向けても、黙って莉奈と奏音のやり取りを見ているだけで助け舟を出してくれそうにない。

「僕、が？　誰かに教えられるほど、うまくないよ」

「ううん。ピアノの先生より、奏音くんのほうが上手《じょうず》なんだもん。莉奈に教えるのが嫌じゃなければ、だけど」

そんなふうに言われたら、断りづらいではないか。数回接しただけだが、聡明で明朗快活な莉奈のことを嫌っているわけではないのだ。

「じゃあ、先生になってくれなくてもいいから、またここでオルガンを弾いてよ。それならいい？」

「う……ん。それなら」

迷いを残しつつうなずいた奏音に、莉奈はパッと顔を輝かせる。気が変わって、やっぱりダメと言い出さないうちに確約を取りつけようと思ったのか、

「約束だからね！」

と指切りを交わされてしまい、ぎこちなく小指を絡ませた。指切りなど、幼稚園の頃以来だ。

莉奈の「指切った！」という締めのセリフと共に指を離す。

そのタイミングを見計らっていたかのように、扉のところから莉奈と同年代の女の子が顔を覗かせた。

「莉奈ぁ、まだー？」

「あっ、ごめん！　今行く！　じゃあね、奏音くん。忘れちゃヤダよ。信乃ちゃんと、神父様もサヨナラ」

奏音を見上げて念を押すと、二階堂と神父に手を振って教会を出ていく。

莉奈の姿が完全に見えなくなってから、神父がにこにことつぶやいた。

「小さな恋の物語、でしょうか。いやぁ、実に微笑《ほほえ》ましい」

「今の時代、奏音くんのような草食系はモテるからなぁ。莉奈ちゃんの目、完全に恋する乙女《おとめ》だ」

二人の言葉に、奏音は「そんな、まさか」と首を左右に振る。

相手が小学生の少女とはいえ、女の子から好意を寄せられたことなど、これまで一度もなかったのだ。

恋という単語は、なんだかくすぐったい。

「奏音くんに可愛いって言われて、本当に嬉しそうだったからなぁ。あんな顔の莉奈ちゃん、初めて見た」

そう言いながら奏音を見下ろしてきた二階堂と、視線が合う。

唇には見慣れた微笑が浮かんでいたけれど、目は……奏音の胸の内を探るような、意味深なものだ。

奏音は、

「二階堂さんの、勘違い」

それだけつぶやいて、ぎこちなく視線を逸らした。

どうしてだろう。

二階堂の纏う空気が、ほんの少し……『夜』を感じさせる。顔は笑っているのに、雰囲気が優しくない。

奏音がうつむくと、神父の声が頭の上から落ちてきた。

「ふむ、なんとなく信乃の雰囲気が変わったような……と思ったら、理由は奏音くんかな」

驚いて顔を上げた奏音の目に、神父に向き直る二階堂が映る。その顔からは、微笑が消えていた。

「……変わった？　どんなふうに？」

「自覚がない？　私の目は誤魔化せませんよ。信乃が、こーんなに小さい頃から見てきたんですから」

両手で三十センチほどの幅を作り、ふふふ……と笑んだ神父に、二階堂は苦虫を嚙み潰したような顔をしている。

小さい頃から、見てきた？

神父が両手で示したサイズは、幼児というより乳児のものだ。そんなに長いつき合いなのだろうか。

奏音の疑問は顔に出ていたはずだが、チラリと目が合った二階堂はなにも言うことなく視線を逸らした。

「いい変化です。うん」

「なにを一人で納得して……おれは、なにも変わってないですよ。変わるわけ……」

神父に言い返していた二階堂は、あやふやに語尾を濁《にご》して唇を引き結ぶ。ほんの少し眉間《みけん》に皺《しわ》を寄せ、珍しく機嫌がよくなさそうな顔をしていた。

表情を窺《うかが》う奏音の視線を感じているはずなのに、こちらを見ようとはしない。

まるで、奏音を拒絶するような空気を漂《ただよ》わせていて、声をかけることができなかった。

「信乃。私は、あなたのどんな変化でも歓迎します。その理由が、如何《いか》なるものであっても……ね」

「神父が、そんなことを言ってもいいんですか」

二階堂は、奏音とも神父とも目を合わせようとせず、ぽつりと口を開く。

ふっと短く嘆息した神父は、唇を噛んで顔を背けた二階堂ではなく、奏音と視線を絡ませた。

「育て子の幸福を祈らない親はいないでしょう。型破りだと言われることには、慣れていますし」

奏音に向かって話しているようでいながら、二階堂にかけた言葉だ。

二人の会話の意味は、奏音にはわからない。でも、奏音を見る神父の瞳《ひとみ》は、慈愛に満ちたあたたかな光を湛《たた》えていた。

「……幸福？」

小さく口にした二階堂の声は、感情を窺わせないもので……顔を上げることなく、自分の足元をジッと見詰めていた。

□　□　□

夜闇の中、満開の桜は白く浮かび上がっているみたいだった。その枝をくぐり、教会の扉に手をかける。

扉の隙間からそっと覗くと、いつもと同じ……オルガンのイスに腰かける人影が目に入り、ホッとした。

「……遅かったな。もう、来ないかと思った」

ゆっくりと近づく奏音を見ることなく、静かに話しかけてくる。

明確に、この時間に……と約束をしているわけではない。

それでも、普段より一時間ほど遅くなってしまったので、二階堂こそもういないのではないかと思っていた。

「ハル兄、珍しく夜更《よふ》かししてたから……帰ってきたの、十二時を過ぎてたし」

健全そのものの生活を送る陽貴は、早寝早起きだ。誰かと外食することもない。でも、今夜は例外だった。

日付が変わって帰宅した陽貴は、玄関先で眠りかけてしまい……奏音の力では運ぶことができないので、四苦八苦してなんとか起こして、布団《ふとん》に移動してもらった。

「ああ。ユキちゃんのパーティか。三次会にまで顔を出したのかな」

二階堂は、奏音が説明するまでもなく陽貴の夜更かしの理由を察したようだ。ボソッとつぶやいて、奏音に右手を差し伸べてくる。

おずおずと指先を触れ合わせた直後、強く手を握られて引き寄せられた。

「ぁ……」

身体を投げ出す形となった奏音を抱き留めると、いつになく性急な様子で服の中に手を潜り込ませてくる。

胸元に指を這わせ、皮膚《ひふ》の薄い突起部分を引《ひ》っ掻《か》くように弄《いじ》られ……疼くような痛みに、ビクッと肩を震わせる。

「ん、ぃ……ッ」

「痛い？」

「……ううん」

首を左右に振ると、ますます強く爪《つめ》を立ててくる。奥歯を噛んだ奏音は、身を固くしてそれに耐えた。

奏音がどこまで許すか、試しているみたいだ。

「あ、の……信乃、さん。神父さま……は」

教会には居住スペースはないようだけれど、どうしているのだろう。今更ながらそんな疑問が湧いたのは、昼間に神父と顔を合わせたせいだ。

二階堂は、奏音に触れる手の動きを止めることなく答えた。

「フィリップは、他にも担当している教会があるから。ここには、なにか行事がある時に顔を出すだけで、普段は俺に丸投げしている」

「そ……なん、だ。信乃さんを、育てた……って」

下肢《かし》に伸びてきた二階堂の手に身体を震わせながら、ポツポツと質問を重ねる。

奏音の首筋に顔を埋《うず》めた二階堂は、抗議するかのように耳の下あたりに軽く歯を立てた。

「今日は、珍しく饒舌《じょうぜつ》だな。君が、そんなふうに詮索してくるとは思わなかった」

機嫌がよくないことを隠さない、低い声だ。

失敗を悟った奏音は、ゆっくりと二階堂の頭を抱き込んで小さく謝罪した。

「ごめんなさ……い」

離されてしまうことを恐れる仕草に、二階堂はなにを思ったのか深く息をつく。

突き離されてしまう……？

奏音は、息を詰めて二階堂の反応を待った。

「おれは、産まれてすぐこの教会に捨てられていたのをフィリップに拾われた。名前をつけてくれたのは、教会関係の世話をしていた女性だ。彼女は十年前に亡くなったけど、彼女とフィリップに育てられた」

「…………」

抑揚《よくよう》の乏《とぼ》しい声で語られた言葉に、なにも返せなかった。神父は自身を『親』と言っていたが、正《まさ》しく二階堂の育ての親だったらしい。

「出自のわからない……得体の知れない人間だ」

特別な感情を窺わせない、まるで他人事《ひとごと》を言って聞かせるかのような響きだ。事実のみを、淡々と語っている。

奏音が言葉を失っていると、唐突に話題を変えた。

「君と莉奈ちゃん。二人で並んでいたら、可愛いカップルって雰囲気だったな。……若いっていいね」

二階堂は、なにを考えているのだろう。先ほどまでの不機嫌な響きではなく、からかうような笑みの混じる言い方だ。

胸の奥に鈍い痛みが走り、奏音は頭を振って反論する。

「ッ、ん……そんな、の違う。莉奈ちゃん、小学生だ……し」

「他人の恋心を気遣うくらいには、大人びているよ」

ふっ、と吐息が肌を撫《な》でる。

顔は見えないけれど、微笑を浮かべているに違いない。でも、きっと……形だけの笑みで、目は冷めているのだろう。

たまに二階堂は、氷の張った湖面のような冷淡な目をする。昼間には、決して見せない顔だ。

　こうして、奏音と二人だけでいる夜の教会でのみ、チラリと覗かせる……。

「信乃さんと、ユキさん……の」

　他人の恋心。二階堂も当事者のはずなのに、やはり他人事のようだ。

　詮索を咎《とが》められたばかりなのに、つい零してしまった。

「ごめんなさい。なんでもな……」

　慌てて発言を撤回しようとした奏音に、二階堂はクスクスと肩を震わせて笑った。

「女の子はお節介だ。基本的に、来る者は拒まず受け止めているけど……さすがに彼女は、近すぎるからね。彼女が傷つこうがおれが責められようがどうでもいいけど、ここで生活しづらくなるのは避けたい」

「…………」

　もう、余計なことは言わないでおこう。そう決意して、強く奥歯を噛み締める。

　他人はどうでもいいと語った言葉は、二階堂の本音だろう。

　誰にでも平等に、常に温和な笑みを浮かべている彼は……誰も特別ではないからこそ、あんなふうに振る舞えるのだ。

　自身の意思は一つもなく、求められるまま、すべてを与えようとするかのように……。

「もう、おしゃべりは終わり？」

顔を覗き込んできた二階堂と、至近距離で目が合った。

奏音を見る彼の目は、一切の感情を浮かべていなくて……まるで、深い水の底を覗いているみたいだ。

「……ごめんなさい」

それだけ口にした奏音に、わずかに首を傾げる。

オルガンの前にある長方形のイスに腰を下ろすと、奏音を膝《ひざ》の上に抱き上げた。下肢からスウェットパンツと下着を脱がせて、腿《もも》のあいだに手を滑り込ませてくる。

「なにが、ごめん？　おれが捨て子だったこと？　今、こうしていることには関係ない。どうでもいいだろう？　どうせ、このあたりの人間はみんな知っている」

本当に、どうでもよさそうな言い方だ。

そっと首を上下に振った奏音から目を逸らし、屹立《きつりつ》に触れていた指をその奥に滑り込ませてきた。

「ァ、な……に」

戸惑いの声を漏らした奏音に構うことなく、指の腹を後孔に押しつけてくる。

爪の先をわずかに潜り込ませると、耳朶《じだ》を嚙むようにして、これまでにない行為を誘いかけてきた。

「指、入れてみる？　イイらしいよ」

「い、入れ……って、でも……」

躊躇いにかすかな身動《みじろ》ぎをしても、二階堂の腕から逃れることはできない。抵抗らしい抵抗ができない奏音に、二階堂は静かに尋ねてくる。

「いやらしいことに、興味があるんだろう?」

興味があるのは、こういう行為なのか……触れてくる二階堂の手なのか。

幾度となく夜の逢瀬を重ねても、奏音にはわからない。

迷いが表情に表れているに違いない。一言も返せない奏音に、二階堂は言い聞かせるように言葉を重ねてきた。

「自分がどうなるか、試してみたくない?」

奏音が興味を引かれるのは、二階堂ではなく『いやらしいこと』なのだと。そんなふうに、暗示をかけるみたいだ。

奏音はやはりなにも答えられなくて、唇を引き結んだまま曖昧《あいまい》に首を傾げた。

なにもかもがあやふやな中、一つだけハッキリしていることがある。

こうして二階堂と触れ合うようになって、『あの指』を思い出しもしなくなったことだけは確かだった。

いつからか、焼きついていたはずの奏音の記憶から消えてしまった。それほど、生身の人間である二階堂との触れ合いが強烈だったということだろうか。

無言は了解だとばかりに、二階堂が止めていた手の動きを再開させた。

「このままでは無理かな。前、弄っててあげるから……舐《な》めて」

「っ、ん……ぅ」

後孔に押し当てていた指を屹立に絡ませると、左手の指を口に含まされる。促されるまま舌を絡ませた奏音を、満足そうに目を細めて見下ろした。

今、口の中にあるのは……二階堂の指。これを、身体の奥に受け入れるための準備をしている。

そんなことをされたら、どうなってしまうのだろう。身体の表面を触られるだけで、とてつもなく気持ちいいのに。

怖い。……怖いけれど、やめたいとは思わない。

二階堂の手に導き出される快楽は、間違いなく極上のものだと想像がつくから……激しい動悸《どうき》が、期待から来るものなのか不安のせいなのか、判別できなかった。

「っ、あ……ン、う、んっ……ん」

瞼を伏《ふ》せた奏音は、無心で二階堂の指に舌を絡みつかせる。舌や口腔《こうこう》の粘膜《ねんまく》で感じる二階堂の指は、長く、しなやかで……奏音の官能を高める。

頭の中が白く霞《かす》み……身体の芯《しん》が、どんどん熱くなる。

夢中で二階堂の指に舌を絡ませていた奏音は、その指に上顎《うわあご》の粘膜をくすぐられてゾクゾクと背中を震わせる。

「もういいかな。おれにしがみついていいから、力……抜いて」

「ア……」

二階堂の膝に横座りになった体勢のまま、膝を開かされる。重く感じる腕を上げた奏音は、広い背中に両手を回してギュッと抱きついた。

「ッ……ふ」

奏音自身の唾液《だえき》で濡《ぬ》れた指が、ゆっくりと身体の奥に突き入れられて……異物感に眉を顰めた。

「息を詰めるんじゃない。ほら、お腹から力を抜いて……」

頭のすぐ傍で、二階堂の声が聞こえる。奏音に言い聞かせるように、「すぐによくなる」と低い声で続けた。

「ン、で……も、ぁ、なんか……変、で」

決して、イイとは言えない感覚だ。

ただ、二階堂の長い指が身体の内側にあると思っただけで、どこからともなく淫らな熱が湧いてくるのは確かで……戸惑いが増す。

「信乃、さ……ん。指、ぁ……動かさ、な……って。ゃあっ、ま……だ」

じっくりと指を抜き差しされると、奇妙な異物感が増して肩を竦ませる。

二階堂のシャツを手の中に握り込むと、震える瞼を押し開いて至近距離にある二階堂の顔を見詰めた。

奏音と視線を合わせた二階堂の目は……熱っぽく潤んでいる。

冷たい氷を溶かしたのは、自分の痴態《ちたい》だろうかと思っただけで、身体の内側にあった異物感が堪《たま》らない快楽へと姿を変えた。

「っあ……ぁ、ぃ……気持ち、い。信乃さんの、指……っ」

体感しているものをそのまま零した奏音に、二階堂は目を細めた。目尻《めじり》に唇を押し当て、滲む涙を舌先で舐め取る。

「ここ、目元の泣き黒子《なきぼくろ》が濡れて……壮絶な色香だな。君は本当に、不思議な子だ。昼と夜では、まるで違う顔になる。夜の奏音がこんなにいやらしいなんて、莉奈ちゃんや豊川には想像もつかないだろうな」

「ン……、ン、知らな……て、い……い」

誰も知らなくていい。全部、二階堂だけに見せるものだ。

二階堂こそ、実は意地が悪かったりするし、睨《にら》まれた者が凍りつきそうなほど冷たい目をすることがあると……奏音だけが知っているはず。

「信乃、さん……だけ」

二階堂の肩口にしがみついて身体を震わせていると、独り言の響きで低い声が頭上から落ちてきた。

「おれが……変わった？　そんなわけ……ない」

「っあ！　ぁ……！」

深く突き入れられた指にグッと息を詰めた奏音は、忌々《いまいま》しそうなつぶやきの意味を尋ねることができなかった。

《八》

「あっ、やっぱりここにいた。奏音くん、約束！　オルガン弾いてくれるんでしょ？」

いつものようにオルゴール美術館で展示されているオルゴールに触っていた奏音は、静寂を打ち破った少女の声に驚いて振り返る。

弾む足取りで駆け寄ってきた莉奈は、奏音の腕を取って早口で続ける。

「あのね、結衣《ゆい》ちゃんもパイプオルガンを聴きたいって言うから、連れてきちゃった。いいよね？」

「……僕は、いいけど」

元気な莉奈に腕を引かれて、急ぎ足で教会へと移動する。パイプオルガンの周りには、莉奈の言っていた結衣という名前の少女らしき姿だけでなく……小学校低学年の子供たちが何人も待ち構えていた。

莉奈は、奏音の戸惑いに気づいているはずだけれど、有無を言わさず「ハイ座って！」とイスに座らせて、オルガンの蓋を開ける。

「結衣ちゃん、おうちの用事で昨日の結婚式に来られなかったんだ。だから、パッヘルベルを弾いて」

「……わかった」

断る理由もないので、奏音はコクンとうなずいて鍵盤に指を乗せる。

ジッと見詰めてくる子供たちの純粋な視線の中、不思議なくらい自然と指を走らせることができた。

オルガン……その鍵盤を前にして、少し前までじっとりとした欲望を覚えていたことが、嘘みたいだ。

次々と溢《あふ》れる音が、ただひたすら気持ちいい。

欲情を掻き立てられるのではなく爽快《そうかい》な気分で、自分と同じ名前を持つ曲を弾き終えた奏音が手を下ろすと、歓声と共に拍手が湧いた。

「すごーい」

「格好いいね！」

拍手と共に子供たちから手放しで褒められて、照れ臭くなる。

どんな顔をすればいいのかわからなくて、無言で鍵盤に視線を落としていると、奏音の脇で莉奈がピョンピョンと跳ねた。

「すごい、すごい。やっぱり、上手。他にもね、奏音くんに弾いてほしい曲があるんだ。楽譜、持ってきちゃった」

「……莉奈ちゃん。奏音くんを困らせたらダメだよ」

不意に背後から聞こえてきた二階堂の声に、驚いて振り返る。

いつから、そこに立っていたのだろう。一心不乱にパイプオルガンに向かっていた奏音は、全然気がつかなかった。

「だって、約束したもの。そうだっ、信乃ちゃん、奏音くんと連弾してよ。夏の発表会で、結衣ちゃんと連弾することになったから……お手本！」

莉奈は、二階堂に向かって「お願い」と顔の前で両手を合わせて懇願する。

チラリと奏音に目を向けた二階堂は、逡巡《しゅんじゅん》するような微笑を浮かべていた。

「連弾、か。即興でできるものじゃないけど」

「ちょっとでいいから」

「……曲はなに？」

曲名を尋ねた二階堂が、受けてくれそうな気配を感じ取ったのだろう。莉奈は、目を輝かせて肩から斜め掛けにしているバッグに手を入れた。

「あのね、これ」

音符《おんぷ》の並ぶコピー用紙の束を取り出して、二階堂に差し出す。

チラリと覗いた楽譜には、赤ペンで多くの書き込みがされていて、懸命に練習していることが見て取れる。

無言で楽譜に視線を走らせていた二階堂が、奏音の脇に立って譜面台にその紙を置いた。記されているタイトルは、『軍隊行進曲　第一番　ニ長調』。シューベルトの、わりとポピュラーな曲だ。

「奏音くん、どう？」

「……たぶん、大丈夫」

この曲なら、馴染みが深い。

なにより、小学生の莉奈たちが練習しているものということもあり、易《やさ》しくアレンジされている。

奏音が弾けそうだと答えると、二階堂は諦めたように小さく吐息をついた。

傍《かたわ》らの莉奈に、

「本当に、ちょっとだけだよ」

そう伝えて、立ったまま鍵盤に指を乗せる。莉奈のリクエストに応える気だと、言葉はなかったけれど伝わってきた。

二階堂の意図を読み取った奏音は、右足を伸ばしてオルガンのペダルを踏みながら、目の前にある楽譜の冒頭部分を奏でる。

すぐに二階堂が追いかけてきて、高音と低音がもつれるように教会内に響き渡る。

連弾は、息の合う二人が練習を積んでようやく形となる。二階堂が言ったように、即興でどうにかなるものではない。

でも、今こうして奏音と二階堂が奏でる音は、複雑に絡み合い……呼応しているかのようだった。

少しだけ、という二階堂の言葉を忘れて音楽に入り込み、夢中で指を滑らせる。周りの音は一切耳に入らない。

今、奏音を支配しているのは音の洪水だけで……堪らなく気持ちいい。

まるで、夜の教会で二階堂に触れられている時のようだ。恍惚《こうこつ》とした気分になり、二階堂と二人だけで隔絶された空間に漂っているみたいだった。

そうして、どれくらいの時間が経《た》っただろう。不自然に音が途切れたことで、ハッと現実に立ち戻った。

「あ……」

「限界だな」

呆然《ぼうぜん》とした心地で傍らの二階堂を見上げると、左手を軽く振って苦笑を滲ませていた。目の合った奏音に、なんとも形容し難い表情を覗かせる。

昼間、色んな人に見せる優しげな顔ではない。でも、『夜』の、少し意地悪で冷たいものでもない。

まるで、初めて目の当《ま》た《あ》りにする未知のモノを見ているかのようで……奏音も、不思議な心地で二階堂を見詰め返す。

さっきの感覚は、なんだったのだろう。

奏音の指が奏でる音と、二階堂の指が奏でる音が絡み合い、まるで……すべて自分の手であるかのようだった。

言葉もなく二人で視線を絡ませていると、唐突に視界に誰かの手が映り込んだ。二階堂と奏音の視線を断ち切るような動きで上下して、ビクッと肩を震わせる。

「おまえら、なにボケッとしてるんだ？」

「っ、豊川……か」

軽く頭を振った二階堂が、割り込んできた手の主《ぬし》の名前をようやく口にする。

奏音も、目をしばたたかせて斜め後ろを振《ふ》り仰《あお》いだ。

「……ハル兄」

いつからそこに立っていたのだろう。一切の気配を感じなかったので、つい先ほど二階堂が現れた時よりも驚いた。

奏音と二階堂のあいだに視線を往復させた陽貴は、奏音の肩をポンポンと叩《たた》きながら「オマエら集中しすぎ」と笑う。

「なんていうかさ、共鳴しているみたいだったな。パイプオルガンって、こんな音が出るんだなぁ」

「ふーん？」と首を捻って腕を組んだ陽貴は、パイプオルガンを眺《なが》めながら感心したような口調でそう言う。

陽貴の陰から顔を覗かせた莉奈が、大きくうなずいて会話に参加してきた。

「ホントに、すごかった！　鳥肌立ったもん。先生のお手本とも違うし、CDで聴くのとも違う。キョーメイっていうの？　不思議な感じ」

ねぇ、と同意を求めた莉奈に、低学年の子供たちは「わかんなーい」とか、「でも、上手だったよ」と、笑って答えた。

ただ、黙ってオルガンを聴くことに飽きたのか、「お外で遊ぶ」と言い残して建物を出ていく。

小さな子供たちがいなくなったことで静かになり、快活な莉奈より控え目な性格らしい結衣が、おずおずと口を開いた。

「すごかった……としか言えないですけど、綺麗でした。私たちも、あんなふうに弾けるのかな」

不安を滲ませた結衣に、イスから立ち上がった奏音はそっと笑いかける。

「大丈夫。最初はうまくいかなくても、練習しているうちに上手になるよ」

「……はい」

結衣は、はにかみながらこくりと首を上下させた。

奏音は、こんなふうに誰かに接することができる自分を初めて知って少し驚いた。極力他人との接触を避けてきたのだが、いつからか身構えることなく自然に話せるようになっている。

陽貴に自宅から連れ出されてから、一か月半くらいしか経っていない。それなのに、大きく変わったことを自覚する。

「あ、忘れるところだった。奏音、叔母《おば》さんから電話があったんだ。今、日本に帰ってるみたいだぞ。家に、かけ直させるって言っておいたから」

「え……母さん、から」

予想外の言葉に、目を瞠った。

陽貴も奏音も、携帯電話を所持していない。だから陽貴はわざわざここまで呼びにきたのだろう。

電話をかけるにも、陽貴の家に戻らなければならない。

「じゃ、じゃあ……僕は、これで」

「奏音くん、またオルガン聴かせてねっ?」

「……ん」

莉奈にうなずいて、右手を上げる。

二階堂は……と目を向けると、無表情でオルガンの鍵盤を見詰めていた。奏音の視線に気づいているはずなのに、こちらを見ようとはしない。

「信……二階堂さん」

そっと名前を呼んでも、知らん顔だ。横顔が奏音を拒絶しているみたいで、しつこく話しかけることができない。

「おい二階堂、奏音連れてくぞ」

「ああ」

陽貴が名前を呼ぶと、奏音と目を合わせることなく手を振った。その素っ気ない態度に、胸の奥がかすかな痛みを訴える。

陽貴と共に教会を出る間際、振り返っても……二階堂は顔を背けていて、莉奈と結衣だけが手を振ってきた。

肩を落として教会の外に出る。一際強い風が吹きつけてきて、奏音の髪を乱した。

「っ、ぅわ……」

小さく声を上げたところで、タイミングよく風に飛ばされた桜の花弁が口の中に入ってきて、眉を顰めた。

咲き始めは肌寒い日が多かったので足踏みをしていたようだが、昨日と今日で一気に満開になった。

咲くのが早かった下のほうの枝からは、チラチラと花弁を散らし始めている。

「おー、見事に満開。桜が散るのってキレーだけど、地面に落ちたらゴミだよな。雨が降ったりしたら、目も当てられない」

「ハル兄、情緒《じょうちょ》がない」

身も蓋もない陽貴のセリフを咎めると、汚れたツナギのポケットに両手を突っ込んで唇を尖らせた。

「だって、その通りだろ。……叔母さん、学校から連絡があったって言ってたぞ。履修の登録がなんとか……って」

「ああ……その時期かぁ」

もう四月だ。奏音は高校三年生になった。

奏音の通う学校はきちんとした始業式がないけれど、卒業に必要な単位の確認と、履修の登録をしなければならない。

現実を突きつけられてしまい、憂鬱《ゆううつ》な気分になる。

「二階堂と引き合わせたのは俺だけど、正解だったかな。おまえ、表情が豊かになったし明るくなった」

「……そう、かな」

表情が豊かになった？　自分では、よくわからない。

曖昧に首を傾げると、陽貴と肩を並べて歩く。

「おまえもだけど……二階堂のやつも、ちょっと人間臭くなったか。これでどっちかが女だったら、カップルの成立かもしれないな。人間を変化させる一番の理由は、恋ってやつだろうからなぁ」

ははは、と笑った陽貴をパッと見上げる。奏音と目が合った陽貴は、「あれ？」とつぶやいて笑みを消した。

立ち止まった陽貴につられて、奏音も足を止める。

「なんだよ、その顔」

「ど、どんな顔？」

奏音は、しどろもどろに聞き返しながら両手で頰を擦《こす》った。

なんだろう。心臓が……変だ。ドキドキと猛《もう》スピードで脈打っている。耳の奥で、陽貴が何気なく口にした『恋』という言葉が渦巻《うずま》いているみたいだ。

「……図星を指されたみたいな顔。俺もしかして、おまえ自身もわかってなかったことを自覚させちまった？」

ふー……と大きく息をついた陽貴は、「チッ、余計なコトした」と零して、止めていた歩みを再開させた。

恋？　二階堂に……？

「奏音、危ない」

数歩歩いたところで陽貴が奏音を振り返り、名前を呼んでくる。正面から、車が走って来ていた。

「あ……」

広くない道の真ん中で呆然と突っ立っていた奏音は、慌てて路肩に寄った。

陽貴は、奏音が追いつくのを待っているようだ。のろのろ歩きで距離を詰めると、仕方なさそうな微笑を向けてくる。

「いい変化なんだろうけど……ちょっとばかり複雑だ」

「でも、お、男同士で……変、だよね。僕、おかしい……？」

無機物に欲情するのと、人間とはいえ同性なのと……どちらがマシなのだろう。

そんな疑問が頭を過《よぎ》ったけれど、当然ながら陽貴に訊《き》けるわけがない。

陽貴におかしいと言われたところで、二階堂に対して自覚した『特別』な感情を打ち消すことはできないと思う。

でも……迷いを口に出さずにはいられなかった。

「泣きそうな顔をするな。別に、おかしくはないさ。問題は、ソコじゃなくて……。うーん……奏音より、二階堂が意外だったなぁ」

「意外……？」

「あいつ、周りの人間には誰にでも優しい博愛主義者って思われてるだろうけど、実際はちょっと違うだろ。他人がどうでもいいから、誰にでも優しいんだ。他人だけでなく、自分もどうでもいいのかもな。証拠に、高校時代のアイツはひどかったぞ。来る者拒まず去る者追わず、好きだからつき合ってって言われたら相手が誰でも「いいよ」だ。でも、つき合ってる人間にしてみれば自分が特別になれないって思い知らされることになる。いつも一月そこそこでフラれて、「仕方ないね」なんて笑いやがる。アレは精神的な不感症だな」

高校生の頃から二階堂を知っている陽貴の言葉は、奇妙な説得力がある。冗談めかして「天然のタラシだ」とは口にしていたけれど、具体的な話を聞かされたのは初めてで、少しだけ驚いた。

言葉を失う奏音を、陽貴はチラリと見下ろして、

「俺が知ってるだけで三十人くらいとつき合ってた。相手の名前なんか、一人も憶えちゃいないだろーな」

と、顔を歪《ゆが》ませる。

陽貴が知っているだけで、三十人。実際には……もっと？

独りきりの殻に閉じ籠っていた奏音とは、正反対だ。

「でも、おまえには……そうじゃない。さっきみたいに、露骨《ろこつ》に無視するあたり、らしくないんだよな。おまえの肩に手をかけたら、一瞬とはいえ睨みつけてきやがったし。だからほんと……厄介《やっかい》だ」

陽貴こそ、長いつき合いの友人というだけあって二階堂のことをよく理解しているみたいだ。

それがなんだか面白くなくて。

二階堂のことを一番知っているのは、自分でありたいと……独占欲を自覚して、ストンと腑《ふ》に落ちた。

そうか。これが恋、ということか。

二階堂が奏音をどう思っているのかはわからないけれど、陽貴が言うように『例外』であれば嬉しい。

誰にでも向ける笑顔なんか、いらない。不機嫌な顔でも、冷たい目でも……奏音だけのものなら、それがいい。

過去にどれくらいの人が二階堂の傍にいたのかなんて、関係ない。

「おまえら……ちょっと怖いな」

「なに、が？」

「……さぁ。なにかな。共鳴しているみたいだ、って言ったろ。俺から見ると、二人のあいだに流れる空気が独特でさ。あー……なんだろ」

なんだろうな、と繰り返す陽貴は、眉間に皺を刻んで難しい顔をする。

「引き合わせたの、正解……って言葉、やっぱ撤回するかな」

陽貴がなにを言いたいのか、奏音にはまったくわからない。陽貴が口を噤むと、二人の足音だけが聞こえる。

怖い……？　なにが、どんなふうに？

少し前を歩く陽貴の背中を追いかけながら、奏音は右手を上げて自分のシャツの胸元を強く握り締める。

胸の奥が……甘く疼いているみたいだ。

二階堂が好き。そう自覚しただけで、身体中がザワザワして……不思議な高揚感に満たされている。

自然な微笑を浮かべた奏音は、母親と話さなければならないことで憂鬱な気分になっていたのに、それが吹き飛んでいることに気がつく。

陽貴は、なにかを心配していたみたいだけど……奏音は、誰かを想ってあたたかい気持ちになる自分が嬉しかった。

□□□

小走りで通い慣れた道を駆け抜けた奏音は、扉の前で息を整えて薄暗い教会内をそっと覗く。

今夜も、二階堂は先に来ていた。

ゆっくりと教会の奥へ進んだ奏音は、パイプオルガンの前にあるイスに座っている二階堂の脇に立って名前を呼ぶ。

「……信乃さん」

「今夜は来ないかと思った。お母さんは、なんて？」

二階堂は顔を上げることなく、奏音に話しかけてくる。

別れ際のように無視されなかったことにホッとして、二階堂の質問に答えた。

「ん……、学校のことだった。もう用は済んだ」

「家に帰れ、じゃなく？　そういえば、いつまで豊川のところにいる予定なんだ？」

「……決まってない」

二階堂が、こんなことを尋ねてくるのは初めてだ。

どうして陽貴のところにいるのか、いつまでいるのか……今まで、一度も聞かれなかった。

それは、奏音に興味がなかったせいかもしれない。

じゃあ、今は……？　少なくとも、いつまでここにいるのか気になる程度には、奏音のことを気にかけてくれているのだろうか。

「僕の学校、単位制で……レポートとか、履修表も郵送でいいし、学校には、ほとんど行かなくていいんだ。だから、ハル兄さえ大丈夫なら、ずっとここにいられる」

「……へぇ。この土地が気に入った？」

そこでようやく、二階堂が奏音を見上げた。

イスに座ったままの二階堂のほうが視線の位置が低くて、不思議な気分になる。

「いいところ、だと思う」

最初は、不便そうな田舎《いなか》だと感じていた。でも、今は人も空気も穏やかなここが、すごく好きだ。

「そうだな。初めて逢った時とは、随分と違う。莉奈ちゃんや結衣ちゃんにも、愛想《あいそ》よく笑って話すことができるようになった。相手は子供だと言いながら、女の子に好かれたら嬉しいか」

いつになく皮肉っぽい、意地の悪い言い方だ。

どうして二階堂がこんなに不機嫌なのかわからなくて、奏音は戸惑いながら首を横に振った。

「莉奈ちゃんたちは、関係ない。ハル兄に強引に家から連れ出されたけど、今はここに来れてよかったと思ってる。……信乃さんと、逢えた」

さり気なく、本音を口にする。二階堂は、なにを考えているのか読めない……無表情で奏音を見ていた。

「おれに逢えて、よかった?」

「……うん。僕は、自分が誰かを好きになれるなんて、思わなかった」

「好き?」

「好き……だって、気がついた。信乃さんのこと、好きだ」

視線の位置だけでなく、口数の多さもいつもとは逆だ。

奏音から見た二階堂は、常に大人で……子供に言い聞かせるように奏音に向かって話しかけてくる。

それが今は、短い疑問ばかり口にしている。

「好き、か。わからないな」

ポツリとつぶやいて、奏音から目を逸らした。

好きだと告げた奏音の想いを疑っているのか、好きという感情自体が理解できないのか……どちらだろう。

尋ねようと口を開きかけた奏音の手を、ギュッと握ってくる。

「どうでもいいか。……今日は、なにがしたい? 奏音の興味があること、なんでもしてあげるよ」

「興味……」

二階堂に向ける想いを自覚した今となっては、こうして触れ合う理由を『興味』の一言で片づけることはできない。

二階堂だから触れられたくて、触れてみたい。誰でもいいわけではない。

そう言いたいのに、

「興味じゃなければ、好奇心だ」

二階堂は、似た意味合いの言葉を重ねて奏音に「違う」と言わせてくれない。

まるで、そうでなければならないと言い含められているみたいで……奏音には、うまく言い返せない。

「僕は、なんでも……。信乃さんがしてみたいこと、なにしてもいい」

「おれが？」

「うん。それが、嬉しい」

二階堂のすることを、どんなものだろうとすべて受け止める。そうしたら、「好き」をわかってくれるだろうか。

そんな思いを込めて、

「どんなことでもいい」

と、自らTシャツを脱ぎ捨てる。

奏音を見上げた二階堂は、端整な顔に苦笑を滲ませて口を開いた。

「そんなふうに言われたのは、初めてだな。求められることに応えるのは、慣れているんだが。……どうしようか。手を縛《しば》ったり……痛いこととか、されるかもよ？」

奏音が受け入れるか否か、試すような口調だ。

指の腹で手首をグルリと撫でられて、不思議な胸の高鳴りを覚えた。不安ではない。期待とも少し違う。

そうしてすべてを受け入れることで、二階堂が満足するなら。

好きにしていいと言われたのは初めてだという、二階堂の望みを自分だけが叶《かな》えられるのなら。

……どれほど幸せだろう。

「いいよ。平気」

短く答えて、目を閉じる。

心身を昂《たかぶ》らせるのに……鍵盤は、いらない。奏音には、二階堂の指ひとつで充分だった。

「僕は、信乃さんのものだ」

彼の望みをすべて叶えたい。それは、奏音自身の欲望でもある。

二階堂はしばらく無言だったけれど、

「奏音」

低く奏音の名前を口にして、痛いくらいの力で手首を握ってきた。

まるで……母親に手を離されることを怖がる、子供みたいだと。そんなふうに感じるのは、おかしいだろうか。

でも、奏音には二階堂がなにかを怖がっているみたいに思える。

「ぁ……」

親指のつけ根に強く歯を立てられて、吐息を零す。痛いと思ったのは一瞬で、すぐさま甘い疼きに変わった。

「信乃さん……」

すべてを受け入れるという言葉に偽りはないのだと伝えたくて、二階堂の頭をそっと抱き寄せた。

《九》

昼食を終えて出かけるために靴《くつ》を履《は》きかけたところで、陽貴が追いかけてくる。奏音の隣に座ると、安全靴に足を突っ込みながら話しかけてきた。

「ごちそうさん。奏音が飯を作ってくれるなんてなぁ……兄ちゃん感動した」

「乾燥パスタを茹《ゆ》でて、レトルトのソースをかけただけ。あれを作ったとは言えないんじゃないかな」

陽貴は皮肉を言うような人間ではないが、感動したとは大袈裟《おおげさ》すぎるのではないだろうか。素直に喜べない。

陽貴は、うつむいてシューズの紐《ひも》を結んでいる奏音の頭に、ポンと手を乗せてきた。

「冷凍食品をレンチンか、カップ麺《めん》にポットの湯を入れるしかできなかったことを思えば、充分な進歩だろ。パスタを茹でるのって、結構難しいぞ。俺なんか、おまえみたいにきっちり時間を計らないから芯がゴリゴリしてることも多いし、逆に茹ですぎてやわやわだったりするし」

確かに……陽貴は奏音のように時計を睨みつけて、細かく茹で時間をチェックしない。感覚で適当に鍋《なべ》から上げるので、その時々でバラバラな食感だ。

「ホントに美味《うま》かった。また作ってくれよ」

「……うん」

クシャクシャと髪を撫でられて、照れ臭くなる。頬が緩んでいそうで、乱れた髪を直すふりをして陽貴から顔を隠した。

靴を履き終えて立ち上がると、同じタイミングで靴を履き終えた陽貴がさり気なく尋ねてきた。

「……二階堂のところか？」

他に行くところなどないと、わかっていて奏音の口から答えさせようとしている。

夜と違って、昼間の訪問は健全なものだ。隠す必要などない。

なのに……少しだけ躊躇いを感じながら、頭を上下させた。

「晩飯までには帰ってこいよ。……今日は暑いなぁ。六月並みの気温だってさ」

奏音が気まずさを覚えていることを察したのか、玄関を出た陽貴はツナギの袖を肘上《ひじうえ》まで捲り上げて顔の前に手を翳《かざ》す。

確かに、降り注ぐ陽光は春を通り越して初夏のものだ。薄手のシャツとはいえ、長袖だとじっとり汗ばむ陽気だった。

「おまえ、お行儀のいい格好で暑くないか？　半袖、は……ないか。次の休みに買い物に行くとして、俺のシャツを貸してやろうか」

ここに来た時は、セーターを着ていた。着の身着のままで着替えなどなかった奏音に、陽貴は春物の服やパジャマ替わりのスウェット、下着などを買い揃《かそろ》えてくれたけれど、さすがに夏物はない。

季節を跨《また》いでここにいるなど、想定していなかった。

「……無駄な出費、しなくていい。ハル兄のお下がり、貸してくれたらいい」

ぼそぼそと答えた奏音に、陽貴は「俺にも、それくらいの甲斐性《かいしょう》はあるぞ」と笑いながら胸を張る。

「ま、とりあえず、暑かったら袖捲りでもし……て」

「あっ」

完全な不意打ちだった。

予想外にひょいと手を取られて、シャツの袖口を引き上げられ……陽貴が不自然に言葉を途切れさせる。

慌てて手を振り払ってシャツの袖を戻したけれど、間違いなく陽貴の目は奏音の手首に巻きつくような赤い痕《あと》を捉えたはずだ。

気まずい沈黙が落ち、足元に視線を逃がす。

「……はぁ。おまえ、さ……二階堂を甘やかすなよ。あいつの無体を受け入れることが、好きの証明だなんて考えてないよな?」

ドキリとしたのは、怖いくらい的確に言い当てられたせいだ。

ここしばらくの二階堂は、奏音が「嫌だ」と拒絶するよう仕向けているかのように、時々乱暴に触れてくる。

それらを、奏音はすべて受け入れて……二階堂に従うことでしか、好きという気持ちと言葉に説得力を持たせられないと思っている。

「なに、言ってんの。別に、信乃さ……二階堂さんは、なにも」

白々しいことはわかっていながら、二階堂のせいではないと反論する。陽貴はもうなにも言わず、もう一つ大きなため息をついた。

「行ってきます」

顔を上げられないまま、逃げるように陽貴に背中を向ける。その背中に「奏音」と呼びかけられ、ピタリと足を止めた。

なにを言われるか、ドキドキしながら身構えていたけれど……。

「……晩飯までには帰ってこいよ」

陽貴が口にしたのは、二階堂を責める言葉でもなければ、奏音を咎めるものでもなかった。

ホッとした奏音は、「うん」とうなずいて、小走りでその場を去る。

そのまま早足で歩き慣れた道を進み、教会とオルゴール美術館が見えてきたところでようやくスピードを落とした。

「あ……れ」

オルゴール美術館の扉脇に、誰かがいる？

近づけば、小さな本を手にした女性の二人組が開館時間を記したプレートを見ていることがわかった。

珍しく、お客さんだろうか。

奏音の足音に気づいたらしく、女性の一人が振り向いた。陽貴より少し年上と思われる女性は、目が合った奏音に笑いかけてくる。

「あっ、ねぇ、地元の子？」

「……はい」

正確にはこの土地の人間ではないけれど、旅行者でもない。曖昧にうなずいた奏音に、彼女はホッとした顔で言葉を続けた。

「よかった。中、見学したいんだけど勝手に入っていいかどうか、迷ってたんだ。ここ……本当に、自由に見学してもいいのかな？」

「あ、はい。一応、管理人さんはいますが……今も、いるはずですけど」

二階堂から外出の予定は聞いていないので、教会に行っていなければ上の部屋にいるはずだ。声をかければ、下りてくるだろう。

奏音を見る女性の目は、案内を期待するもので……迷いつつ、先に立ってオルゴール美術館の中へ入った。

「……うわぁ、すごい！　ガイドブックで見るより、種類がたくさんあるのね」

「ねー。小さなオルゴール、販売してくれるって書いてあるけど……あ、あのあたりにあるものかな」

感嘆の声を上げた女性たちが、館内に視線を巡らせる。

好きに見てくれるようだ。本格的な案内を求められなくて、よかった。

そう安堵して、螺旋《らせん》階段を見上げたところで扉の開く音が聞こえてきた。ジッと見ていると、二階堂が姿を現す。

「……お客さん、ですか」

ゆっくりと階段を下りながら声をかけた二階堂を、ガラスケースを覗いていた二人が慌てたように振り向いた。

「あっ、はい！」

「見学、させてもらってます」

「どうぞ、ゆっくり見てください。解説が必要でしたら、なんでも聞いてください」

やんわりと言いながら笑いかけた二階堂に、彼女たちが頬を染めたように見えるのは……きっと、奏音の気のせいではない。

所在なさを感じて、どうしようかと迷っていると、二階堂が奏音に目を向けてきた。

「奏音くん、よければ上に行ってて」

「……うん」

視線で螺旋階段の上を指されて、コクリとうなずく。

よかった。帰れと言われてしまうかと思っていたけど、ここにいることを許してくれた。

ホッとした奏音は、女性たちに軽く会釈をすると螺旋階段を上る。

背中で、

「あの、一番古いものって、どれですか？」

「全部、オルゴールなんですか？」

「すべて、オルゴールです。興味がありましたら演奏しますので、仰《おっしゃ》ってください」

にこやかに話しかける女性たちと、それに応える二階堂の会話を聞きながら、扉が開け放たれたままの小部屋に入った。

改めて、二階堂が女性にモテることを思い知らされた気分だ。これまでも、教会関係の女性たちや子供たちに接するところは見ていたのに……全然違う。

「なんだろう、気持ち悪い」

胸の奥が正体不明のものでモヤモヤとして、気味が悪い。

テーブルの上にある、解体されたオルゴールのパーツを立ったままジッと見詰めて、唇を噛んだ。

今頃、二階堂と女性たちは、楽しげに笑いながら話しているのだろうか。階下から聞こえてくるオルゴールの音が、奏音の焦燥感を駆り立てる。

まるで、自分のテリトリーにズカズカと入ってこられたような不快感だ。そんなふうに思う権利など、ないのに……。

「気持ち悪い」

せっかく訪れた女性たちに、早く出ていけ……と八つ当たりじみた感情を芽生えさせた自分が嫌で、ますます強く唇を噛み締める。

どうということはない。

二階堂が張りつけていた笑みは俗に言う営業スマイルで、奏音だけが知る本質に近い二階堂とは別人に等しくて、だから気にするだけ馬鹿げている。

理性ではわかっているのに、濁ったモヤモヤが晴れてくれない。

「……ずっと立っていたのか」

ふと、背後から低い声が耳に飛び込んできて慌てて振り向いた。

営業スマイルを消した二階堂が、小部屋に入ってくる。奏音を見る目には、疲れたような色が滲んでいた。

「あっ、あの人たち……は」

「お土産《みやげ》を手にお帰りだ」

奏音にそう答えて、右手の中に握っていたものをテーブルの上に投げ捨てた。白い紙片かにチラリと覗くのは、携帯電話の番号……だろうか。

「彼女たち、奏音のことを『雰囲気のある美少年』って楽しそうに言ってたよ。写真撮らせてもらえばよかった……だって」

「写真、苦手。……ここに逃げてて、よかった」

「そう？　無難に話していたみたいだけど。綺麗なお姉さん、嫌いじゃないだろ。相手してやったら、喜ぶかもよ」

言葉の端々《はしばし》に、苛立《いらだ》ちが滲んでいる。

連絡してみたら……と、ついさっき自分が投げ捨てた紙を指差した二階堂に、無言で首を横に振った。

「……興味ない」

「ふーん？　女が抱けるか、試してみたらいいのに。いやらしい奏音は、おれ以外の人間でも気持ちよくなれるんじゃないか？」

顎を掬《すく》い上げるように指が差し入れられて、顔を仰向けさせられる。目が合った二階堂は、冷たい目で奏音を見ていた。

奏音は頭を振って「絶対、ない」と言い返す。

でも……。

「信乃さんが、そうしろっていうなら……嫌だけど、する。でも、信乃さんにしか気持ちよくならない」

「ははっ、おれがヤレって言えば、従うのか？　なんで、嫌だって突っぱねないんだ。理不尽なことばかり言われてるんだから、怒ればいいだろう。怒って……くれよ」

奏音を見る二階堂の目は、どう言えば的確かわからないけれど……焦りと不安が滲んでいるみたいだった。

奏音を怒らせたい？　それとも、どこまで受け止めることができるか、試しているのかもしれない。

「だって……信乃さん、不安そうな顔してる。僕が、そんな顔をさせたなら……証明しないといけない。誰となにをしても、反応するのは信乃さんだけ」

「不安……？　そんなふうに分析されるのは不快だ。もう帰れ」

奏音の顎から手を離した二階堂は、眉間に深い皺を刻んで顔を背けた。そのことで失敗を悟ったけれど、奏音はフォローの術《すべ》を知らない。

どうしよう……と迷いながら無言で立ち尽くしていると、二階堂の手がテーブルの上にあるオルゴールケースを掴んだ。

「消えろっ！」

こちらを見ようともせず、そのケースを投げつけられる。

奏音の顔をかすめたケースは壁にぶつかり、ガラスの割れる耳障《みみざわ》りな音が響いた。

「……ごめんなさい」

一言だけ謝罪を口にした奏音は、二階堂の望みを叶えるべく踵《きびす》を返した。

扉を閉める直前、密かに振り返る。両手で頭を抱えた二階堂は、消え入りそうな声で「奏音、奏音」と繰り返していたけれど、奏音が立ち止まっていることに気づいているかどうかわからない。奏音はどう声をかければいいか迷い、足音を殺してその場を離れる。

螺旋階段の途中で立ち止まり、一度だけ階上を見上げてみたけれど、カタリとも物音がしない。

二階堂の不安を取り除けなかった自分の腑甲斐なさと愚かさ、フォローひとつできなかったことに肩を落として、とぼとぼと階段を下りた。

□□□

全速力で走る奏音の頭は、「どうしよう」でいっぱいだった。

どうしよう。もう、東の空が明るい。早起きの雀《すずめ》が囀《さえず》りながら空を舞い、朝の訪れを告げている。

二階堂は……もういないかもしれない。いなければいい。いないだろう。けれど、それを確かめずにはいられない。

朝靄《あさもや》の中で目にする教会脇の大きな桜は、なんとも形容し難い空気を纏っていた。昼の日差しを浴びて立つ姿とも違うし、月明かりの下で見るのとも違う。

風が吹かなくてもチラリチラリと薄紅色の花弁を散らし、この春最後の艶姿《あですがた》を誇っているようだ。

「は……ぁ」

桜の脇で足を止めた奏音は、膝に両手をついて息を整える。激しい動悸が落ち着きを取り戻す前に背中を伸ばし、教会の扉に手をかけた。

そろりと扉を押し開き……夜明け直前の、ぼんやりとした朝日が差し込む薄暗い空間を覗く。

パイプオルガンのイスに座る人影が目に留まり、一際大きく心臓が脈打つ。

「信乃さんっ」

扉から手を離した奏音は、二階堂の名を口にしながら急ぎ足で駆け寄った。

まさか、こんな時間になってもここにいるなんて……。

待っていてほしいと、ほんの少し傲慢《ごうまん》な期待をしていたけれど、実際に二階堂の姿を目にすると自責の念が込み上げてくる。

この淋《さび》しい空間で、独りぼっちで待《ま》ち惚《ぼう》けさせてしまった。もっと早くに来なければいけなかったと、顔を歪める。

「ごめんね、信乃さん。あの」

息せき切って事情を話そうとした奏音に、二階堂は顔を向けることなく口を開く。

「……もう、来ないかと思った。逃げたのかと」

「逃げ……って、どうして？　逃げたりなんか、しない。あのね、ハル兄が怪我して」

「逃げればよかったんだ！」

夕方、工場にいた陽貴が左手を工具とジャッキアップした車の下部のあいだに挟んでしまい、怪我をしてしまったのだ。

青褪《あおざ》めた奏音が手配したタクシーで駆け込んだ病院では、なんとか折れてはいないという診断が下された。

ただ、深い裂傷を十針近く縫い……入院を嫌った陽貴が帰宅したのは、ほんの一時間ほど前だ。

鎮痛剤の影響で陽貴が眠っていることを確かめて、コッソリ家を抜け出してきた。

そんな説明を、二階堂は聞こうともしない。

「逃げたりなんか、しないって。僕は、信乃さんが好きだって言ったよね」

「そんな証拠はどこにある？　人間は簡単に嘘をつく。……信じられない」

二階堂は、自分の膝に両手を置き、うつむいたまま低い声でつぶやいた。

……信じてくれない。どうすれば信じてもらえる？

奏音は、懸命に「好きだ」と訴えるだけで精一杯だ。目に見える形での証拠なんて、差し出すことができない。

泣きそうな気分で恐る恐る両手を伸ばすと、イスに腰かけたままの二階堂の頭を胸元に抱き込んだ。

二階堂は、身動ぎ一つしない。頑なな拒絶が伝わってきて、奏音は二階堂の頭を抱く手に力を込める。

「どうしたら、いい？　僕がどんなことをすれば、信乃さんの不安がなくなる？　信乃さんだけだって……逃げたりしないって、信じてもらえるんだろう」

途方に暮れた声で、独り言を口にする。今の二階堂から答えが返ってくるとは、期待していなかった。

けれど、抱き込んだ二階堂の頭が動いて、ハッと手から力を抜く。

ゆっくりと顔を上げた二階堂は、一切の表情がない能面のような目で奏音を見上げた。

もともと、作りものじみた端整な容貌《ようぼう》をしているのに、生きている人間ではないみたいだ。

「奏音。……君を、オルゴールみたいにガラスケースに閉じ込めたら、誰にも取り上げられないかな。おれだけのために、鳴いてくれるだろうか」

ゆらりと……二階堂の手が、伸びてくる。首筋に触れてきた指先はいつになく冷たくて、まるで血が通っていないかのようだ。

奏音は、二階堂の言葉が意味するものを、なんとなく察していながら……その場にとどまり続けた。

試されている。それなら、二階堂に身を任せることが『証拠』になる。

「……いいよ。信乃さんの望むとおりにして」

視線を絡ませてそれだけ答えると、ゆっくり瞼を伏せた。

視界が闇に包まれる直前、二階堂が微笑を浮かべたのがわかって……正しい選択だったと、満足感が込み上げる。

「好きだよ、奏音」

耳に入ってきた二階堂の声に、歓喜のあまり唇を震わせた。

「あ……」

首にかけられた指に、じわりと力が増す。

息が詰まり……奏音は、恍惚とした心地で「好きだよ」と返したつもりだったけれど、声にならなかった。

「おれだけのものだ。これで奏音をおれだけのものに……」

露骨に執着を表してくれる二階堂が、嬉しい。声からも、指先からも熱情が溢れ、搦《から》め捕《と》られる。

キン……と耳鳴りが響いて手足から力を抜こうとしたところで、唐突に身体を突き離された。

「ッ……ゲホッ！」

床に倒れ込んだ奏音が、突如押し寄せてきた空気に噎《む》せていると、頭上から怒号が落ちてくる。

「なにやってんだ、おまえらっっ！」

……ハル兄の、声。

霞む視界では、ハッキリと声の主を捉えられない。でも、毎日聞いている声を聞き間違えるわけがない。

「奏音がコソコソ家を出るから、なにかと思えば……おまえ、コイツを殺す気かっ？」

「ハ、ハル兄、邪魔……し、ないで」

陽貴の足に縋った奏音を、陽貴は恐ろしい形相《ぎょうそう》で睨みつけてきた。肩から三角巾で固定した左手はそのまま、無事な右手で腕を摑まれて、引っ張り上げられる。

「なにが邪魔だ？　ああ？」

「邪魔、だよっ」

声を振り絞って言い返した奏音の頭を、陽貴は言葉もなく手のひらで叩《はた》いた。すぐさまイスに座ったままの二階堂の胸元を摑み、激しく身体を揺さぶる。

「呆《ほう》けてないで、なんとか言いやがれ。二階堂！」

「こ……しないと、ダメなんだ。奏音が、おれから離れていく。豊川も、奏音とおれを離そうとしてるだろ」

「ふ……ざけんな。殺しちまったら、二度と触れない。笑いかけてもくれない。そんなことが、望みか？」

一気に言い放った陽貴は、奏音が止める間もなく右手を振り上げて、二階堂を殴りつけた。

二階堂は、抵抗することも殴り返すこともなく、呆然とした面持《おもも》ちで自分の両手を見詰めている。

「やめてよ、ハル兄」

「黙れ、バカが。今な、オマエ自身が奏音を消そうとしたんだぞ。カミサマに……他の男にくれてやるつもりか？」

「…………っ」

陽貴が言葉を切ると、二階堂は両手で自分の頭を抱えて蹲った。

勢いよく頭を左右に振った奏音は、二階堂に縋りついてその身体を抱き締めた。

「ハル兄には関係ないっ。信乃さん、僕は……信乃さんが悪いなんて、思わないよ。ハル兄の言うことなんか、聞かなくていいから」

「奏音っ！」

「ヤダ、ヤダヤダ！　離せよ、ハル兄。僕は……っっ」

強引に引き離されそうになり、子供のように「嫌だ」と地団駄を踏む。

もう一度強い口調で「奏音！」と名前を呼ばれ、髪を掴むようにして陽貴と目を合わせられた。

「帰るぞ」

「ゃ……、やあ！」

「引き留めないのが、二階堂の意思だよっ」

その言葉で、身体から力が抜ける。

答えを求めて二階堂を見たけれど、力なくイスに腰を下ろしたままピクリともしなかった。奏音を見もせず、陽貴に引きずられるようにして教会から出ていくのを、呼び止めてもくれない。

陽貴のことも、奏音のことも……すべてを拒絶しているみたいだ。今の二階堂の世界には、存在しない。

絶望的な気分になった奏音からは、陽貴の手を振《ふ》り解《ほど》こうという気力がなくなる。

「行くぞ」

グッと腕を引かれても、もう抵抗することができなかった。足元に視線を落として、のろのろと重い足を運ぶ。

陽貴も、奏音も。唇を引き結んだまま会話はなく、明るい朝陽《あさひ》を全身に浴びながら陽貴の家へと戻った。


静かだ。向かい合わせに座った陽貴は、怖い顔で黙り込んでいる。

正座をした膝の上に両手を置いた奏音は、チラリと陽貴の左手に巻きつけられている包帯を見遣《みや》った。

「……暴れたりするから、痛いでしょ」

「誰のせいだ。……ったく、嫌な予感がしたんだよな」

はぁ……と、大きなため息が聞こえる。

ピンと張り詰めていた緊張が解け、陽貴が言葉を続けた。

「二階堂が好きだから、殺されてやる？　それは、おまえのエゴだ。おまえがいなくなった後、あいつはどうなるだろうな」

「どう……なるだろう」

想像しようとしても、奏音には適わなかった。

二階堂の望みは、全部叶えてあげたかった。でも、その後は？

……わからない。

黙りこくっていると、陽貴が子供に言い聞かせるような穏やかな口調で「奏音」と呼んだ。

「おまえ、家に帰れ。二階堂が本当に好きなら……離れてやれ」

「なんでっ？」

「それがわからないなら、説明するだけ無駄だな。おまえのためじゃない。二階堂のために、離れてやれ。アイツ……おまえを見ようともしなかっただろ。二人でいるから、ダメなんだ。このまま一緒にいれば、ますますダメになる」

ダメ？　なにが、ダメ？

奏音が幸せだと感じたものすべてが、陽貴にとっては『ダメ』ということなのだろうか。

「どうして、ハル兄がそんなこと言うの？　僕は……僕、が信乃さん、好きなだけなのに。信乃さんも、好きって言ってくれた」

「……奏音。あいつのためだ」

涙ぐんだ奏音は、首を横に振って「わかんない」と繰り返す。

でも……陽貴の言おうとしていることは、薄々察していた。察していながら、認めたくないと首を横に振る。

「わかんな……い、よ。ハル兄」

子供のように口にした奏音の視界に、白い包帯に包まれた陽貴の手が映った。痛いはずの左手で、顔を上げさせられる。

「奏音。本当は……わかってるんだろ」

「……ッ」

静かに問いかけられて、唇を噛んだ。

奏音を見る陽貴の目は、穏やかで……あたたかい。

「おまえがここで変わったのと同じくらい、二階堂は変わった。俺は、何年も近くにいても変えられなかったのに……な。互いを変えたんだ」

苦笑を滲ませた陽貴は、奏音と二階堂を『共鳴しているみたいだ』と表現した時と似た目をしている。

奏音と視線を絡ませたまま、静かに言葉を続けた。

「なぁ、奏音。二階堂が好きか」

「うん」

迷わずうなずいた奏音に、陽貴は目を細める。嬉しそうな、淋しそうな……なんとも形容し難い、複雑な表情だ。

「じゃあ、強くなれ。おまえが強く……大人になるんだ。今のままでは、ダメだと……わかるな？」

「……う、ん」

目の前が白く霞み、グッと奥歯を噛み締めて……小さくうなずいた。

繰り返し「わからない」と言いながら、本当は、わかっている。自分が二階堂をダメにするのだと、認めたくはないけれど。

「頼む。俺は、可愛い弟分と、人間性に難アリだが一応友人であるあいつと……二人を一度に失いたくない。俺を恨《うら》んでいい」

陽貴は、ゆっくりと奏音の髪を撫でながら自分を恨めと言う。

恨む？　この絶望的な気分は、そうすることで晴れるのだろうか。

二階堂と離れて、強く……大人になる。その方法は、今の奏音には見当もつかない。

まばたきをしたら、目の縁に溜《た》まっている雫《しずく》が零れ落ちてしまう。だから、目を見開いて両手を握り締めた。

奏音から手を引いた陽貴は、時計をチラリと見て立ち上がった。

「……始発が動き出してるな。この手じゃ家までは送ってやれないけど、駅までなら送っていける」

「えっ、今すぐ」

「今、だ。持っていくものは……ないな。行くぞ」

陽貴は戸惑う奏音の手を引くと、車の鍵《かぎ》を手に持って玄関へ向かう。

一分、一秒でも早く、この土地から奏音を引き離そうとしている。自分の手を握った陽貴の指が震えていることに気づいて、奏音は突っ張ろうとしていた足から力を抜いた。

奏音を振り返ることなく玄関で靴に足を入れると、陽貴が重ねて口にした。

「二階堂のためだ」

「…………」

二階堂のため。自分が、彼の前から消えることが……。

グッと拳を握り締めた奏音は、小さく蹲る二階堂の姿を思い描いてコクリとうなずいた。

彼をあんなふうにしてしまう原因が、自分なら……陽貴が言うとおり、消えなければならない。

《終章》

「あれ、奏音？　カラオケ行かねーの？」

教室を出る直前、背中にかけられた友人の声に、ふと足を止めた。振り向いた奏音は、「ごめん」と返す。

「行くところがあるんだっ」

「おー……お急ぎか。また連絡するなー」

「うん！」

今度は、振り返ることなく歩きながら大きく手を振った。

廊下にいる、制服の胸元にコサージュをつけた同級生のあいだを縫うようにして、階段を下りる。

早足だったのが、いつしか駆け足になり……校舎を出て脇目も振らずに駅まで走ると、扉が閉まる直前だった電車に飛び乗る。

駆け込み乗車を咎める車内アナウンスに肩を竦ませて、扉の窓に額を押しつけた。

電車に揺られているあいだに、徐々に鼓動が落ち着きを取り戻す。

「はー……」

奏音は大きく息をついて車窓を流れる街を眺めながら、右手に持った筒を握り締めた。

長いようで短い、約一年だった。今日は、待ちに待った日だ。

彼は……どんな顔をするだろう。


「うん……全然、変わってない」

見上げた桜の樹は、花弁を開くにはまだ早いらしく……こげ茶色の枝が寒々しい。

白い教会。

その脇に建つオルゴール美術館。

……記憶に残る情景は、そのままだった。

ここに初めて立った日が、つい昨日のことのように感じられる。

スッと息を吸い込んだ奏音は、オルゴール美術館へ続く短い階段を跳ねるような足取りで上がる。

扉を開くと、白い布を手にしてガラスケースを拭《ふ》いていた青年が振り返った。

「……いらっしゃ……い」

二階堂は、戸口に立つ奏音を目にして、声も出ないほど驚いているようだ。変わっていない。端整な容姿も、彼を目にして……甘く疼く、胸の内側も。離れているあいだ、夢の中では、数え切れないくらい触れ合った。

でも、こうして実際に逢えばどんな感情が湧くのか自分でも予想がつかなくて、ほんの少し怖かった。

……息苦しいほどの愛しさが、心にも身体にも満ちる。陽貴が『共鳴している』と言った言葉の意味が、今はわかるような気がした。

目には見えない糸に、手繰《たぐ》り寄せられるみたいだ。

ゆっくりと歩み寄った奏音は、白昼夢か幻を見ているような啞然《あぜん》とした顔の二階堂を見上げて、小さく笑いかけた。

「高校……卒業式だったんだ。証拠」

ここまでの道中、強く握り込んでいた卒業証書の入った筒を差し出して、「きちんと卒業した」と笑みを深くする。

軽く左右に頭を振った二階堂は、奏音から顔を背けようとする。それを許さないとばかりに、手を伸ばして二階堂の腕を摑んだ。

「高校、最後の一年だけだけど……ちゃんと通った。普通の友達も、できた。でも、やっぱり信乃さんと一緒がいいんだ。そのために、来た」

誰もが、普通の高校生と言うだろう生活を送り……今の奏音は、どこにでもいる十八歳の少年だ。

でも、奏音の心はずっと二階堂のものだった。こうして再び逢ったことで、確信が更に深くなる。

二階堂と共にいることを、もう誰にも邪魔させない。

奏音から目を逸らしたまま、二階堂が低く口にした。

「おれの奏音は、もういない。この手で殺したからな」

「ん……あの頃の僕は、もういないよ。一年前とは違うかもしれないけど、やっぱり僕は信乃さんのものなんだ。……こっち、見てよ」

二階堂の腕を引いて、目を合わせるよう促す。

頑なな二階堂がもどかしくて、少し強い口調で名前を呼んだ。

ようやく、躊躇いを残しながらも奏音を見下ろした二階堂は、目を細めて……「身長が伸びた」とつぶやいた。

「五センチ、伸びたよ。信乃さんが少しだけ近くなった」

「……おまえ、馬鹿だろう。せっかく……せっかく豊川が逃がしてやったのに、わざわざ戻ってきたりして。そんなに殺されたいのか？」

皮肉の滲む笑みを浮かべた二階堂は、脅《おど》す仕草で両手を首にかけてくる。

グッと指先に力を入れられても、奏音は笑みを消さなかった。こちらを見る二階堂の目に、ほんの少しの怯えを見て取ったせいだ。

「強がるなよ。怖いだろ」

「……うん。でも、怖いのは殺されることじゃなくて、信乃さんのいない世界に行くことかな。信乃さんがそうしたいなら、僕は構わないけど……信乃さんを独りぼっちにするのは嫌だ。だから、簡単に殺されてあげない」

静かに言い返しながら、首にかけられた二階堂の手を外させた。

二階堂は、驚いた顔で奏音を見下ろしている。

あの頃の奏音は、二階堂の言動を一切否定することなく、なにもかもを受け入れていた。それが正しいと信じていた。

視線を逸らすことなく二階堂の両手を握った奏音は、

「……ごめんね？」

そう笑いかけて背伸びをすると、そっと唇を触れ合わせた。

唇を離して、二階堂の顔を覗き込む。彼は、鳩《はと》が豆鉄砲《まめでっぽう》を食らったような面持ちで絶句していた。

ふ……と笑んでしまったのは、子供のように無防備な顔が堪らなく可愛かったせいだ。

「信乃さんを、守りたい。そのために、信乃さんから自分を守るよ。殺しちゃいそうで怖いなら、実行する前に僕が信乃さんを殺してあげる。だから……なにも怖くないから、一緒にいよう？」

そう誘いかけて、二階堂に手を差し伸べた。

一年前の奏音は、二階堂が抱えている『闇』を共有することが恋の証明だと思っていた。

でも、必ずしもそうではないと……一度離れたことで、違う選択肢があることにも気づいた。

大人だと信じていた二階堂の弱さが、今は愛しい。

陽貴が言った、『大人になれ。強くなれ』という言葉のまま、変われたかどうかはわからないけれど。

今の奏音は、あの頃とは違う愛し方ができるはずだ。

「奏音」

「……好きだよ、信乃さん」

迷いのない口調で告げると、二階堂は恐る恐る奏音の手を取った。

触れた手のぬくもりにホッとした奏音は、逃がさないという意図を込めてその背中に抱きつく。

……今になって、緊張で足が震えてきた。

「ね、信乃さん。もうすぐ桜が咲く。お花見、したいね」

「…………」

二階堂からの返事はなかったけれど、奏音を抱きしめる腕に息苦しいほどの力が込められる。

目を閉じれば、艶《つや》やかに咲き誇る桜の姿が思い浮かぶ。

一年前は、こんなに近くにあるのに二階堂と並んで見ることがなかった。

今年は……肩を並べて、二人で見上げよう。

そう、できるはず。

同調和音

《一》

なにもない。音も一筋の光も、空気や時間さえ存在しない。まるで宇宙空間に漂《ただよ》っているようだった。

静寂そのものだった教会内に、不意に足音が響く。

誰かが近づいてきていることはわかっていたけれど、パイプオルガンの前にあるイスに腰かけた二階堂《にかいどう》は、自分の足元に視線を落としたまま身動《みじろ》ぎ一つできなかった。

視界の隅に影が映っても、指先を震わせることもない。

「おまえ、ずっとここにいたのか?」

「………」

頭上から落ちてきた声にも顔を上げずにいると、グッと髪を摑《つか》まれて無理やり仰向《あおむ》かされた。

「なんか言え」

焦点の合わないぼんやりとした視界に、男の顔が映り込んでくる。

険しい表情で自分を睨《にら》み下ろす、この男は……誰だ。知っている顔だとは思うけれど、よくわからない。

虚《うつ》ろな眼差《まなざ》しを向けていると、

「おいコラ、二階堂信乃《しの》。ボケんのには早ぇんじゃねーの?」

言葉の終わりと共に、片手で頭を殴《なぐ》られる。

——そうか。二階堂信乃。自分の名前だ。

こんなふうに手加減なしで自分を殴りつける人間は、たった一人しかいない。アイツだ。

豊川《とよかわ》……陽貴《はるき》。

真っ暗だった二階堂の世界に、じんわりと色と音が戻ってくる。

ボーッとしていた二階堂の焦点が合ったことに気づいたのか、ほんの少し眉《まゆ》を顰《ひそ》めて二階堂を見ていた豊川が、ゆっくりと唇《くちびる》を開いた。

「おまえ、ひっでーツラ」

ひどい……?

聞き返したつもりだったけれど、唇がほんの少し動いただけで声は出なかった。けれど、豊川は声にならなかった二階堂の質問に的確に答える。

「人を殺してきたみたいな、凶悪な顔になってんぞ。優男《やさおとこ》っぷりが見る影もないな。イケメンが台無しだ」

クッと皮肉な笑みを浮かべる豊川を、無言で見詰め返した。

視線が絡み、豊川の眉間《みけん》の皺《しわ》が更に深くなり……二階堂から目を逸《そ》らして、「奏音《かのん》」とつぶやく。

その単語に反応した二階堂が、ピクリと肩《かた》を震わせたことに気づいたのだろう。大きなため息をついて、言葉を続ける。

「駅まで送ってきた。おまえのために消えろ、って……ひでぇ言葉で家に返した。俺にとって、おまえより奏音が大事だからな」

奏音。奏音。奏音。

その名前が耳に入った途端《とたん》、目の前で風船が破裂したかのように、呆《ほう》けていた二階堂の頭がクリアになる。

「奏音……」

この手の中に……ついさっきまで、存在していた。あの綺麗《きれい》な生き物は、自分のもので……なのに、コイツが奪った。

不意に、身体《からだ》の奥底から灼熱《しゃくねつ》のマグマのような熱い塊《かたまり》が湧《わ》き上がってくる。

そうしよう、と。考えたわけではない。

けれど、腰かけていたイスからゆらりと立ち上がった二階堂は、無意識に豊川の首に両手をかけていた。

「おれから……奏音を奪った。おまえがっ、おれの奏音……を」

「ッ、そう……だよっ。お節介だ、ってわかってっけどな」

豊川は、目を逸らすことなく二階堂に答える。首にかかる手を、振り払おうともしない。

二階堂の指先に、ジワリと力が籠《こも》った。

「奏音が……いない。いない、いない……ッ、奏音……奏音」

奏音の名前を繰り返すうちに、両手がぶるぶると震え始める。声のボリュームが上がるにつれ、輪にした両手にも力が増していく。

耳の奥で、激しい動悸《どうき》が響く。自分でも、なにをしようとしているのかわからない。制御できない。

正気を手放しかけている二階堂を、豊川は静かな目で見つめていた。苦しそうな顔をしているのに、逃げようとするでもなく唇の端《はし》を吊《つ》り上げる。

「お……れを、殺す、か？」

「…………」

かすれた声が耳に届いた途端、ふっ……と指から力が抜けた。

殺す？　そんなこと……。

二階堂は、目をしばたたかせて静かに手を下ろした。なにがおかしいのか、コホッと一つ咳《せき》をした豊川は、声を上げて笑い出す。

「っ、ははは……だよな。殺すだけの価値もない、よな。おまえが、そこまで執着して激しい感情を向けるのは、『奏音』だけだ」

奏音。

二階堂にとって、自分から触れてみたいと感じた存在は初めてだった。

離れていくのなら、動けなくして傍《そば》に置こう……と。そんなふうに望んだのも、『奏音』だけだ。

でも、今ここにはいない。

自分の前から『奏音』を奪い去った豊川は、数回咳をして笑みを消した。そして、真顔で続ける。

「……だから、待て。今の奏音は、卵から孵《かえ》ったばかりの雛《ひな》と同じだ。いずれ成長して、その時に、戻ってくる……かどうかは、保証しねぇけど」

「……る、ワケがない」

成長する？　そうなれば、戻ってくるものか。広い世界を知れば、こんな自分のことなど忘れる。

それでいいのだという諦めに似た思いと、この先どんな人間と出逢《であ》っても上書きすることなど不可能なほど自分を刻みつけておけばよかったと……ほの暗い残酷《ざんこく》な感情とが、複雑に交錯する。

自分にとって、代わりなど存在しない『奏音』。愛《いと》しいのか、憎いのか……わからない。

ただ、確実なことは一つ。

この先、二度と、触れることも……目に映すこともない。もう、自分だけの奏音はいない。

豊川のせいではない。

この手で、殺したのと同じだ。

ぼんやりと自身の両手を見下ろす二階堂に、豊川は子供を諭《さと》すかのような口調で繰り返す。

「あいつが好きなら……待て」

二階堂はなにも答えられず、ふらりと足を踏み出す。

豊川に呼び止められることなく教会を出て、隣接する建物に入り……この一か月余り、当たり前のようにそこにいた少年の姿がないことを再確認する。

静かだ。

控え目な、涼《すず》やかな声で「信乃さん」と呼ぶ声が聞こえたような気がして振り向いても、戸口に彼の姿はない。

「……当然か。おれが、殺したんだからな」

緩く頭を振った二階堂は、ふと独り言を零《こぼ》すと、螺旋《らせん》階段を上った。

そうだ。墓標を作ろう。

彼と同じ名を持つ曲……『カノン』を奏でる、美しいオルゴールがいい。

□□□

己《おのれ》が空っぽなのだと自覚したのは、いくつの頃だっただろう。

二階堂は、小学校へ入学する頃には自分が『捨て子』だと知っていた。神父と、教会近くに住む老齢の女性、二人に育てられた。信乃という名前は、幼くして鬼籍《きせき》に入ったという彼女の妹のものをもらったらしい。

祖母と呼んでいた女性に問《と》い質《ただ》すと、彼女は否定することなく『生後間もなく教会の前に置き去りにされていた』のだという事実を語った。

その上で、「この世に生み出してくれたお母さんに、愛されていないと思わないで。人には色んな事情があるのです」と悲しそうな顔で続けたけれど、二階堂には自分を捨てた人間の事情などどうでもよかった。

ただ、『不要な存在』であることだけが、確かな事実だった。

この世に産み出した親からさえ、『イラナイ』とされた自分に、どんな価値があるというのだろう。

そんな疑問は、常に二階堂に纏《まと》わりつき……胸の内側に、暗い穴を開けた。

他人など、どうでもいい。

それ以上に、自分などどうでもいい。

だから、誰にでも優しくできた。なにを言われても穏やかに笑っていれば、不要な摩擦《まさつ》が生じることもない。

生きるのは面倒で、でも自分を殺すことも面倒で。

面倒だから、生きていた。

どんなことをしても、傍に置きたいと……そう願った人間など、『奏音』が初めてだったのだ。

恋愛感情？　好き？

そんな単純な言葉で、表現できるわけがない。『執着』という言葉の実際の意味も、奏音に逢うまで知らなかった。

初めはモノクロームの世界に降って湧いた極彩色の『異物』として彼を捉えた二階堂の魂は、やがて濃密な夜を共に過ごすうちに『特別』へと上書きしていった。

二階堂に数え切れないほどの初めてを教えた奏音は、空っぽだった器を様々なもので満たし……奏音を知らない頃以上に空虚な『モノ』にして、去っていった。

——この手で、殺した。

そう、この手で殺してしまったのだ。

もう世界に存在しないのだと思えば、手が届かないものを渇望《かつぼう》してのたうち回ることもないだろう。

心はすべて、『カノン』を奏でる箱に詰めて……封印してしまおう。

《二》

大いに盛り上がっている数十人の喧騒《けんそう》を背に、使用済みの紙皿を纏めて大きなゴミ袋に収める。

新しい紙皿を出しておいたほうがいいか。あとは……いくつか用意しておいた、除菌ウェットティッシュはどこだ？

地面に広げたピクニックシートは、三つ。大きな二つのシートには、近隣の住人が腰《こし》を落ち着けて歓談している。

一番小さいものに、女性たちが持ち寄った食べ物や飲料の入ったクーラーボックス、子供たち用のお菓子が入った袋や紙皿に紙コップ、割《わ》り箸《ばし》などを纏めてあるのだ。

「信乃ちゃん、奏音くんって成人してたかしら？」

いつの間にか世話役となった二階堂が、しゃがみ込んでビニール袋を探っていると、シートに立った女性がそんなふうに話しかけてきた。

「いや、高校を出たところだから……十八歳かな」

女性を見上げた二階堂は、そういえば奏音の誕生日を知らないな、と首を傾《かし》げる。

「あら、大変。花田《はなだ》さんたら、ビールを注《つ》ぎにいっちゃったわ」

二階堂の言葉に目を瞠《みは》った女性は、「止めないと」と言い残して踵《きびす》を返した。小走りで、ビール瓶《びん》を持って奏音の元へ歩く男性を追いかける。

苦笑した二階堂は、未成年組のために用意してあるクーラーボックスを開けて、ジュースの缶を取り出した。

目的の人物は……と視線を巡らせて、見つけた。

盛り上がる大人《おとな》たちをよそに、お腹《なか》が満たされた子供たちは広場で遊び始めている。小学校低学年の子供はボール遊びをしているが、高学年から中学生の少女たちは固まって談笑していた。

女性は、これくらいの年齢の少女でもおしゃべりが好きだな……と微苦笑を浮かべる。

「莉奈《りな》ちゃん！　コレを奏音くんのところに持っていってくれるかな」

「はぁい」

莉奈の名前を呼ぶと、少女たちの輪から抜け出して駆け寄ってきた。

面倒そうな顔をすることなく、すぐにやってきたのは、『奏音』の名前の効果だろう。

「ついでに、オジサンたちから助け出してあげて」

「あはは、はーい。了解しましたぁ」

二階堂が差し出した缶ジュースを手に持った莉奈が、駆け足で奏音に向かっていく。話しかける口実ができたと、嬉《うれ》しそうだ。

ふっと吐息《といき》をついて、探しものの続きに戻ろうとしたところで頭上から影が差した。

なにかと思えば、紙コップを手にした豊川が立っている。

「おい、いいのかよ。莉奈って、奏音のこと……」

莉奈に腕を引かれてシートから立ち上がる奏音を見ながら、お膳立《ぜんだ》てをしてやった二階堂に疑問を呈《てい》する。

横目で『オジサンたちから救出される奏音』と、『救世主の莉奈』を確認した二階堂は、くすりと笑って目を逸《そ》らした。

「あまりよくはないけど、まぁ……大人の余裕ってヤツかな」

笑みを消すことなく答えた二階堂に、ビールの注がれた紙コップを手にした豊川は露骨《ろこつ》に嫌そうな顔をする。

「大人だぁ？　そーんな顔で、チラチラ見ながらよく言うよ」

そんな顔とは、どんな顔だろう。

確かに、奏音の隣に立って、恥ずかしそうに……嬉しそうに笑って話しかける莉奈に対して、奏音が自然な笑顔で応じているのは面白くないが。

「カッワイーよなー。莉奈は歳のわりに大人びた美人だし、奏音は王子様然とした美形だし……雛人形《ひなにんぎょう》みたいだな。微笑《ほほえ》ましいカップルだ」

ニヤニヤと、人の悪い笑みを浮かべながらそんなふうに豊川が言うのは、自分への嫌がらせだ。

それがわかっているので、わざと爽《さわ》やかな笑みを浮かべて言い返した。

「ああしてお日様の下で笑っていたら清純そのものだけど、夜の顔は……おれしか知らないからね。快楽に従順で、どんなことでも受け止めて吸収する柔軟さを持っていて……」

「やめんか。ムッツリスケベ。せっかくの花見なのに、酒が不味《まず》くなる」

ムッとした顔で二階堂の言葉を遮った豊川は、目の前にズイと紙コップを差し出してきた。

「酌《しゃく》を所望する」

尊大な態度で、ビールを注ぐように申しつけられて……仕方なく、クーラーボックスから缶ビールを取り出した。

ここは、豊川に逆らわず応えることにしよう。彼がいなければ、こんなふうに穏やかな時間を過ごすことはできなかったのだ。

満開の桜の下で笑う、綺麗な奏音を目にすることも適《かな》わなかった。

プルトップを開けて、

「……仰《おお》せのままに」

と、豊川が持つ紙コップにビールを注ぐ。

フンと鼻を鳴らした豊川は、ほぼ一気飲みをして荷物用シートの端に腰を下ろした。二階堂を見上げると、ポンポン自分の隣を叩《たた》いて座るよう促してくる。

自分が世話をしなくても、女性たちが細々と動いてくれているみたいだから大丈夫か。

そう思い、豊川の隣に座り込む。

無言で紙コップとビールの缶を差し出してきた豊川に、少し躊躇《ためら》って……「一杯だけ」と紙コップを受け取った。

大雑把《おおざっぱ》な豊川が大胆に注いだビールは、カップの縁から盛大に泡を盛り上げて二階堂の指を濡《ぬ》らす。

「冷たい」

「サービスだよ」

苦情をぼやいた二階堂に、悪びれることなくシラッとした顔で返してきた。

短く嘆息して、紙コップに口をつける。舌の上で弾《はじ》ける炭酸の心地よさに、自覚していた以上に喉《のど》が渇《かわ》いていたことを知った。

そういえば、花見が始まってそろそろ二時間近くが経《た》つけれど、こうして自分が腰を落ち着けたのは初めてかもしれない。

「あいつ、すっかりここに溶け込んだなぁ。大学に行かずに、調律師だか修復師だかになるっつって両親と大喧嘩《おおげんか》して家出した……って聞いた時はびっくりしたけど、逞《たくま》しくなってオニイチャンは嬉《うれ》しいねぇ」

子供たちに手を引かれてボール遊びに加わった奏音を眺《なが》めながら、豊川がしみじみつぶやいた。

その目は、子供の成長を喜ぶ親のようだ……と口に出したら、「あんなデカいガキがいる歳じゃねぇ」と殴られるだろう。

「……そうだね。教会のみんなも、最初は驚いてたけど」

心身ともに成長して再びやってきた奏音を、誰もが嬉しそうに笑って「お帰りなさい」と迎えた。

奏音は照れ臭そうにしていたけれど、今では積極的に教会行事に関わっている。日曜礼拝の際にオルガン演奏をしたり、婦人会のメンバーと福祉施設への慰問《いもん》に出かけたり……子供たちの遊び相手になったり。

おかげで、二階堂と二人だけで過ごす時間は多くない。

昼は人々の輪にいるし、夜になれば同居している豊川の家に戻ってしまうのだ。

奏音が、この土地に馴染《なじ》んでくれるのは喜ばしい。そう歓迎するべきなのに、引っ込み思案だった頃は独り占めできていたのに……そう思わずにはいられない。

喉のところでモヤモヤしているものを流そうと、紙コップのビールを一気飲みした。

二階堂の複雑な心情を知ってか知らずか、豊川はのんびりと口を開く。

「しっかし、みんな……桜を見てねーなぁ」

花見を目的に集まったのに、今ではただの宴会《えんかい》となっている。教会脇で咲き誇る、見事な枝ぶりの桜を見上げているのは二階堂と豊川だけだ。

「花より団子《だんご》とは、よく言ったものだ」

小さく笑った二階堂に、豊川は大きくうなずいた。

身体を捻《ひね》ってシートの端にあるお重を探り、紙皿に大きなおはぎを二つ載せて二階堂に箸を手渡してくる。

「確かに、葉子《ようこ》さんのおはぎは絶品だ。スコーンとかビスケットも美味《うま》いけど、やっぱ花見には和菓子だな」

割り箸を割った豊川は、大きなおはぎを摑んで大胆に齧《かじ》りついた。

お重を抱えて二階堂の前に立った奏音は、朝から女性たちと共に料理作りに加わっていたと、楽しそうに笑っていた。

「葉子さんのところで、奏音も手伝ったらしい。おはぎと……串団子。みたらし団子って、一般家庭で作れるんだね……とか、感激してた」

「ああ……一昨日《おととい》、試作品を食わされたな。大量の団子は、ちょっとキツかったが」

「……へぇ」

試作品、か。二階堂は、ここにある完成版しか知らない。

こんな……ちょっとしたところで、豊川は『家族』なのだと思い知らされる。自分よりも奏音を知っているという口振りが、面白くない。

彼らは血の繋《つな》がった従兄弟《いとこ》同士なのだから、幼少の頃からのつき合いがあって、実際に自分と奏音の関係より濃くて当然だ。

そう頭ではわかっているのに、感情は別物らしい。

奏音はいつも、二階堂に『初めての感情』を教えてくれる。光り輝くものだけでなく、時に闇に属するものだったりするけれど。

「おまえ、人間らしくなったよなぁ。……せっかくだから、食えよ」

あっという間に拳《こぶし》サイズのおはぎを食べ終わった豊川は、手つかずのおはぎが載っている紙皿を二階堂に押しつけてきた。

「これまで幽霊だったみたいに、言わないでくれないかな」

割り箸を手に持ち、ほんの少し眉を顰めて言い返す。葉子さんのおはぎは……美味い。

「幽霊っつーか……悪魔、じゃないな。天使か。善の存在みたいな優しげな顔をしていて、実はすげー残酷《ざんこく》なところがあるヤツ」

「…………」

なにも答えられず、無言で微笑を浮かべる。

豊川の中にある『天使像』は、それか。確かに、聖書に出てくる天使と悪魔は表裏一体なところがあるので、的外れというわけではない。

「ま、俺は嘘《うそ》くせー笑顔のオマエより、今のほうがいいと思うけど。身内の俺にまでジェラってるあたり、カワイーよな」

「ジェラる？　新しい日本語？」

豊川が言おうとしていることを薄々察していながら、惚《とぼ》けて言い返した。さっきまで美味いと感じていたおはぎが、急激に味気ないものになる。

豊川に対する複雑な感情を隠し切れていないのだとすれば、不覚だ。

「……おまえのそういうトコロが嫌いだ」

「おれは、豊川のそういうトコロが好きだよ」

嫌いだなどと、心底嫌そうな顔で面と向かって吐《は》き捨《す》てる豊川に小さく笑う。やはりこの男は、自分にとって色んな意味で例外だ。

ただ、友人という単語はなんとなく面映《おもは》ゆい。素を出せる……取《と》り繕《つくろ》うことの不要な相手、といったところか。

「へーへー、貴重なお言葉をいただきまして、光栄ですぅ。奏音に、二階堂に告られたって言いつけてやろ。不誠実だって、嫌われてしまえ」

ケケケ……と妙な笑い方をする豊川に、ふふんと鼻を鳴らした。

「いいけど……。それくらいじゃ、おれたちの愛は揺らがないから」

「つかー、やってらんねぇ」

座ったまま二階堂の足を蹴《け》った豊川は、紙コップに移すことなく、缶に直接口をつけてビールを呷《あお》る。

二階堂の顔を見ていない豊川は、気づかなかったはずだ。

自信を持って、「揺らがない」と言い返したようでいて、二階堂の目がほんの少し泳いでいたことに……。

「楽しそうだね。なんの話？」

不意に頭上から奏音の声が降ってきて、パッと顔を上げた。いつから、そこに立っていたのだろう。

豊川は、右手でビールの缶を握り潰しながら奏音に答える。

「おー、奏音。今、おまえの話をしてたところだ。コイツ、俺に愛の告白をしてきたぞ」

「……信乃さんとハル兄、仲よしならよかった」

ホッとしたようにそんな言葉が奏音の口から出る理由は、語られなくてもわかっている。

自分が原因で、二階堂と豊川が仲違《なかたが》いをすることになったのではと、気に病んでいたに違いない。

豊川は、奏音と二階堂のあいだに視線を往復させると、低く舌を打った。

「ツチ、予想どおりでつまんねーなぁ」

「え……っと、ごめん？」

つまらないなどと言われた奏音は、訳がわからないという顔をしながらも謝る。二階堂は大人げない豊川の背中を叩くと、苦笑を浮かべて口を開いた。

「奏音、酔っ払いに絡まれているだけなんだから、謝る必要なんかない。真面目《まじめ》に相手しなくていいよ。ボール遊びは終わり？」

「あ、うん。風が冷たくなってきたから、そろそろ撤収の準備をしようか……って、片岡《かたおか》さんが」

「そうだね。五分や十分じゃ片づけられないだろうし」

うなずいて立ち上がった二階堂は、ゴミの分別のためのビニール袋を手にして、酔っ払いが大勢いるシートへと向かった。

チラリと振り向くと、座ったままの豊川とその前にしゃがみ込んだ奏音が、言葉を交わしている様子が目に入る。

二階堂の視線に気づいたのか、豊川がこちらに顔を向けて……大人げなく、舌を突《つ》き出してきた。

「小学生……以下」

ボソッとつぶやいた二階堂は、野良犬《のらいぬ》を追い払う仕草で豊川に手を振って背を向ける。

おれたちの愛は、揺らがない……か。

その言葉に少しも自信が持てない理由は、わかっている。自分のところに泊まれと誘う夕イミングを見計らえなくて、奏音のすべてを我がものにできていない……露骨に言えば、奏音とまだベッドを共にしていないせいだ。

そんなことが原因で自信を持てないだなんて、自分に嫌気が差すが……それが真実だった。

《三》

シートを畳《たた》んで、ゴミの回収と分別をして……花見の撤収が済む頃には、あたりはすっかり夕闇《ゆうやみ》に包まれていた。

最後まで片づけを手伝ってくれた奏音に、「あっちでコーヒーでも飲む？」と誘いかけたら、嬉しそうに笑ってうなずいた。

一人で帰路につく豊川は、二階堂に「心の広い俺に感謝しろ」などと大袈裟《おおげさ》なセリフを口にして、睨みつけてきた。

もちろん、感謝などしてやる気はない。豊川の許可の有無など関係なく、二階堂とここに残ることを選択したのは奏音なのだ。

二階堂と共にオルゴール美術館に入った奏音は、

「なんだか、久し振りにゆっくりとオルゴールたちを見るかも」

と言いながら壁際に歩み寄り、ガラスケースを覗《のぞ》き込む。

高校を卒業した奏音が自宅を出て越してきたのは三月の終わりだ。あれから十日近く経つのに、ここでのんびりすることはなかったように思う。皆が奏音を歓迎して、あちこちから誘いの声がかかり……それらに律儀に応えていたせいで。

「奏音、ここに来てからずっと、忙しそうだったからね」

皮肉をぶつけるつもりはなかったが、自分だけに構っていられなかったのだろうと、不満が声に滲《にじ》み出ていたのかもしれない。

二階堂を仰ぎ見た奏音は小さく「ごめんね」と返してきて、大人げない発言を零した気まずさに顔を背けた。

八つも年上のくせに、奏音の前では、我儘《わがまま》で甘えたがりな子供のようになってしまうという自覚は……ある。

二人ともが口を噤むと、静寂が広がった。

少し前まで大勢と賑《にぎ》やかな場にいたせいか、いつになく静かな空気に包まれているようだった。

「ね……信乃さん、この一年、どうしてた？」

沈黙を破った奏音は、オルゴールの並ぶガラスケースを見下ろしながら、そう遠慮がちに尋ねてきた。

再会からしばらく経つのに、奏音が改めてそんなふうに訊《き》いてきたのは初めてだ。

二階堂は少し考えて……ぽつりと答える。

「オルゴールを、作っていた」

ここは、メジャーな観光地からは少し離れている。程よく田舎《いなか》だけれど過疎地と言うほど寂れているわけではなく、生活するには便利な土地だが、地域の住人以外がわざわざ訪れることは滅多《めった》にない。

先代の神父が趣味で収集したアンティークオルゴールは、国内に一つしかないものだとか大量生産されていない世界的にも珍しいものなどもあり、それを目的に訪れる研究家や収集家がごくたまにいるくらいだ。

あとは、二階堂に古いオルゴールの修復を依頼するために持ち込む人、オリジナルを作製してくれないかと扉《とびら》を叩く人が……年に二、三人。

教会関係のイベントに駆り出されることはあるが、特になにをするでもなく毎日を過ごしていた。

誰にも「様子が変だ」と指摘されなかったし、これまでどおり卒なく振る舞うことができていたはずだ。

ただ……奏音がいなかっただけで。ひたすら空虚だっただけで。

「ここで販売しているもの？」

ガラスケースの上には、手軽なお土産《みやげ》用として安価なオルゴールを並べてある。手回し式の、二十～三十秒ほどしか演奏時間のない簡易オルゴールだ。

確かに、これらも作っていたけれど……。

「いや、違う。奏音と同じ名前の曲が流れる、もっと大きなオルゴールだよ。女々《めめ》しいと笑われそうだけど、ね」

「……見たい。聴きたい。いい？」

ガラスケースを見ていた奏音が、ようやく顔を上げて二階堂と目を合わせた。

奏音が自分の前から去った後、奏音を投影するかのように密に接していたものだ。他に向けることのできないドロドロとした感情も執着も、すべてぶつけて注ぎ込んで……木製のケースに閉じ込めた。

自分の、情念のようなものが籠っている。

あれを奏音自身に触れさせるには躊躇いがあったけれど、ジッとこちらを見る目は強い光を湛《たた》えている。

一年前、初めて引き合わされた時の奏音は、不用意に触れればヒビが入ってしまいそうなほど繊細《せんさい》で……脆《もろ》いガラス細工にも似た雰囲気を纏っていた。

でも、今は違う。一歩も動けなかった二階堂をよそに、奏音は未来を目指して歩み続け、強くなった。

奏音は返事を急《せ》かすことなく、真《ま》っ直《す》ぐに二階堂と視線を絡ませている。その、強い瞳《ひとみ》に負けた。

無言でうなずいた二階堂は、奏音の手を取って螺旋階段に誘導する。

工房にしている小部屋へと招き入れると、手探りで照明を点《とも》す。奏音の肩に手を置いて、ダークブラウンの箱を指差した。

「これだ」

「うわぁ、すごい」

作業台の上にあるオルゴールを見下ろした奏音は、目を瞠って子供のような感嘆の声を上げた。

木製の箱に収まったシリンダーオルゴールは、幅が三十センチ奥行きは二十センチほどある。お土産用として販売しているものより遙《はる》かに本格的な構造をしていて、繊細な音を奏でるものだ。

奏音は、触っていい？　と言いながら手を伸ばし、金属の突起が並ぶシリンダー部分を指先で撫《な》でる。

「七十二弁だから、二分以上の演奏時間があるし複雑な和音なんかも演奏できるよ。……時間はたっぷりあったからな。聴いてみる？」

「ん」

うなずいた奏音の手を握って、ゼンマイを巻くためのネジへと誘導する。奏音がゆっくりネジを回してテーブルに置くと、彼と同じ名前の曲が静かに流れ出した。

パッヘルベルのカノン。甘く、切ない音が小部屋に響く。

独りきりで繰り返し耳にした曲を、こうして奏音自身と並んで聴ける日が来るなんて……考えもしなかった。

「綺麗だ。……子供の頃は、あんまり好きな曲じゃなかった。同じ名前だからって、両親のリサイタルで何回も弾《ひ》かされた。年齢と共にちょっとずつ難易度が上がって、その度に無理やり練習させられたせいで飽き飽きしていた。でも、信乃さんが作ってくれた音は……好きだな、って感じるから不思議だ」

二階堂を見上げた奏音は、幸せそうに笑いかけてくる。

以前の、どこか陰のある表情ではない。十八歳の少年らしい朗《ほが》らかな笑顔が眩《まぶ》しくて、目を細めた。

この手から離れていった奏音とは、二度と逢うことがないと思っていた。なのに、八つも年下の彼は二階堂より遙かに強くなって戻ってきた。

真摯《しんし》な瞳で二階堂を見て、『守るから』と……。

手を伸ばせば、届く距離に奏音がいる。

晴れやかに笑う少年へと変貌した奏音が、再び自分の前に現れてから十日余りが経つのに、まだ夢の中にいるみたいで実感が乏《とぼ》しい。

言葉では形容できない、不思議な感じだ。

「信乃さん？」

オルゴールを触っている奏音を無言で見詰めていると、二階堂の視線に気づいたのかそっと顔を上げた。

わずかに首を傾げて、名前を呼びかけてくる。

自分がどんな目で奏音を見ていたのかわからず、身に染みついた微笑を反射的に浮かべて聞き返した。

「うん？　なに？」

「……僕の前で、そんな顔しなくていいよ」

奏音の目と言葉は『その他大勢』に向けるものと同じ、無難に取り繕った表情を咎めるものだ。

彼には、自分の本質に近い部分をこれでもかというほど見せたのだから、仮面を被《かぶ》ろうとしても今更だろう。

嘆息した二階堂は、誰もが優しいという笑みを消して右手で髪を掻《か》き乱《みだ》した。

「奏音の前では、調子が狂うな」

「そう？　信乃さんの、素ってことでしょ？　だから、いい」

不特定多数、万人に向ける顔なんかいらない、と唇を尖《とが》らせる。

過去の奏音は、こんなふうに反論などしなかった。生意気だ。……でも、少し不貞腐《ふてくさ》れた顔も魅力的だった。

両手で奏音を抱き寄せた二階堂は、目の前で揺れる髪から漂う香りを感じながらつぶやく。

「奏音。どうして、ここに越してこない？」

これまで、何度も尋ねようとしてギリギリで呑《の》み込《こ》んだ質問を口に出したのは、久々に飲んだビールのせい……にしておこう。

今更かもしれないが……年長者としてのなけなしのプライドが邪魔をして言い出せなかったけれど、本当はずっと引っかかっていたのだ。

何故《なぜ》、自宅を出て転がり込んだ先が自分のところではなく豊川の家なのか。

この髪にも、アイツと同じシャンプーを使っているのかもしれないと考えるだけで、気に食わない。

奏音を抱く腕に、無意識に力が籠る。

「だって……僕が押しかけたら、窮屈でしょう？　ハル兄のところは部屋が余ってるし、ここまで歩いてもすぐだし」

不便など、なにもない。

そう語る奏音に、もどかしくて堪《たま》らなくなる。

別々に過ごした時間を、少しでも早く埋めたい。一分、一秒も離れていたくない。そんなふうに望むのは、自分だけなのだろうか。

「奏音が、ずっと一緒にいよう……って言ったくせに」

離れていても平気なのかと、責める響きで口にする。

息苦しいだろうに、逃れようとせず二階堂の腕の中にいる奏音は、ほんの少し頭を揺らした。

「……うん。でもね、今、変に焦らなくてもいいかなって思うんだ。この先、何十年も一緒なんだから」

奏音が見ているのは、今日や明日ではない。刹那《せつな》的に生きる二階堂が考えたこともない、遠い未来だ。

……負けた。駄々をこねる子供のように、今すぐここに越してこいと強要することなどできなくなってしまった。

黙り込んでしまった二階堂が臍《へそ》を曲げたと思ったのか、奏音はほんの少し焦りの滲む声で言葉を続ける。

「だけど、ね。あの……さっき、お花見の片づけをしてる時に、今日は帰らないってハル兄に言った……から」

奏音の胸元で交差している二階堂の腕を、ギュッと握ってくる。

……背後から抱き締めたのは失敗だった。奏音の顔が見えない。

「奏音」

腕の力を抜いて、奏音の両肩に手を置く。拒絶されたと思ったのか、触れている手に肩の強張《こわば》りが伝わってきた。

ゆっくりと身体を反転させて、奏音の頭を両手で挟む。うつむこうとする顔を上げさせて、視線を絡ませた。

「もう一回、言って？　豊川に、なんて？　豊川は……なんて？」

「信乃さんところに、泊まるから……帰らないって。ハル兄は、なにも……あ、違う。飯はちゃんと食えよ、だって」

「ははは、アイツらしい。おれたちが、寝食をそっちのけにして情事に耽《ふけ》るとでも思ったのかな」

奏音は語らなかったけれど、そう口にした豊川は苦虫を噛《か》み潰《つぶ》したような顔をしていたに違いない。

食事の心配をするあたり、実に豊川らしい。

奏音がいなかったこの一年のあいだ、週に数回ここを訪ねてきては……「飯、食ってるか」と、渋い顔で二階堂を食事に連れ出したのだ。

会話もなく食べ終えると、「またな」と言い残して背を向ける。

豊川も二階堂も、奏音の名前は一度も出さなかった。奏音がいた一か月半ほどの時間など、存在しなかったかのように……。

「ハル兄、信乃さんのことよくわかってるよね。高校の時からの、つき合いだっていうだけある。さっき、お花見してた時も楽しそうに話してたし……信乃さん、ハル兄と話している時と他の人と話す時、ちょっとだけ違う」

本人は何気なく口にしているつもりかもしれないけれど、二階堂から目を逸らしてそんなことを言う奏音は複雑そうな顔をしている。

他人の『嫉妬《しっと》』を心地いいと思う日が来るなど、想像したことさえなかった。

「まぁ、奇特なヤツだよな。おれの本質に近い部分を知ってるのは、豊川くらい……ああ、あとはフィリップか」

育ての親と同列に並べたことで、奏音の頬《ほお》がますます強張る。不安そうに目が泳ぎ、そんな彼を前にして悦《よろこ》びを感じる自分に苦笑が浮かぶ。

「たぶん、ハル兄は信乃さんが好きだった。だから、俺は変えられなかったって……ちょっと淋《さび》しそうに言ったんだ」

「豊川が、そんなことを?」

豊川と奏音のあいだで、自分がどんなふうに語られていたのか。これまで、尋ねようと思ったこともなかった。

なんとなく新鮮な気持ちで聞き返した二階堂に、奏音はコクリとうなずく。

「うん。俺じゃ無理だったけど、おまえは二階堂を変えた、って」

「……なるほど。奏音は鋭いな」

鈍いと思ったことはないけれど、ほぼ引き籠り状態だったわりに他人の感情に敏感だ。やはり、感受性が強いのだろう。

豊川から『オマエが好き……かもな。恋愛感情っていう意味で』と、やけにあっさり告げられたのは、十年近く前のことだ。

当時から二階堂は、異性同性の別なく来る者拒まず去る者追わずで……豊川にも、「じゃあ、寝てみる？」と手を差し伸べようとした。

けれど、二階堂が答える前に、『でも、オマエは複雑すぎて俺の手には負えねーな。だから、オトモダチでよろしく。なんかの弾みに俺が血迷いそうになったら、遠慮なく殴って正気に戻してくれ』と、戦線離脱を表明して二階堂を拍子抜けさせた。

自分を複雑だと評したのも、好きだと言いながら特別な関係を望まなかったのも、豊川が初めてだった。

以来、彼は、少しだけ『その他大勢』とは違う位置にいる。

「やっぱり、そうなんだ」

豊川から向けられる感情について否定しなかったことで、奏音はますます複雑そうな顔になった。

「ずーっと昔、十代の頃のことだ。豊川自身も、忘れてるんじゃないかなってくらい、過去の話だよ。それに、アイツは堂々と『友人のおまえより奏音が大事だ』なんて言い放ったからな」

「う……ん」

納得したような、できていないような。

なんとも形容し難《がた》い表情で曖昧《あいまい》にうなずいた奏音だったが、ふっと顔を上げて二階堂と視線を絡ませた。

「僕、ハル兄が、もし今でも信乃さんを好きでも……ズルいから、知らなかったふりをする。絶対に、譲れない。信乃さんは、僕のだ」

迷いの欠片《かけら》もなく、キッパリと言い切った奏音に目を細めた。

本当に強くなった。

いや、もともと彼自身の内に秘めていた強さが、芽を出しただけかもしれない。

「勇ましい……頼もしいな。じゃあ、もう豊川の話はこれで終わりだ。もっと、有意義に時間を使おう」

自分を無意義扱いされたと知ったら、豊川は嫌な顔をして盛大に抗議してきそうなものだが、幸いここにいないし、黙っていればバレはしないだろう。

でも、もしなにかがあれば、自分たちにとって誰より心強い味方になってくれるはずだ。

その程度には、奏音にとってはもちろん、自分にとっても『特別』な存在だ。不本意ながら、友人だと認めよう。

でも……奏音がいなければ、そんなことにも気づかなかった。

「帰らなくて……いいの？」

二階堂が返答を焦《じ》らしたせいか、奏音は不安そうに尋ねてくる。少し困った顔が、堪らなく可愛《かわい》かった。

もう少し困惑の表情を堪能したいところだが、二階堂にも、これ以上の言葉遊びをする余裕がない。

奏音の目を覗き込むようにして、質問に質問で答えた。

「おれが、お願いしてるんだけど？　朝まで一緒にいてくれる？」

「ん……」

ホッと頰の強張りを解いた奏音は、見惚《みと》れるほど綺麗な笑みを滲ませて二階堂の背中に手を回してきた。

密着した胸元が、あたたかい。

「奏音の全部、本当におれのものにしていい？」

「うん」

豊川と話しながら、『揺らがない』と口にした言葉に自信を持てなかった理由。それが、コレだなんて……みっともなさすぎて、奏音に悟られるわけにはいかない。

「ここだと、ドライバーが転がってたり小さなネジが落ちてたりして、危ないから……寝室に移ろう」

急いた気分を抑えて、奏音の髪をそっと撫でる。

言葉もなく小さくうなずいた奏音は、名残惜《なごりお》しそうに二階堂から身体を離して……ギュッと手を握ってきた。

《四》

寝室として使っている小部屋はシンプルで、セミダブルの古びた木製ベッドとサイドデスクがあるのみだ。そのデスクにも、五冊ほどの本と読書灯しか置かれていないので、殺風景な空間だろう。

初めて寝室に足を踏み入れた奏音は、「信乃さんがいつも寝てるところだ」と嬉しそうに微笑を浮かべた。

これで、自分のテリトリーに奏音が知らない場所はなくなった。意図的に秘密にしていたわけではないが、妙に晴れ晴れとした気分だ。

「電気、点《つ》けようか」

「……いい。見えるから」

カーテンを引いていない四角い窓からは、ほのかな月明かりが差し込んでくる。

ベッドの上で向き合っている奏音は、そっと手を伸ばしてきて、もどかしそうに二階堂が着ているシャツのボタンを外していった。

「信乃、さん。全部脱がしていい？」

「……いいよ」

夜の教会で触れ合っている時は全裸になったことはなかったか。濃密な時間を過ごして、互いのすべてを知った気になっていたけれど、知らないことはまだまだありそうだ。

二階堂も手を伸ばして、奏音が着ている薄手のスプリングセーターを捲《まく》り上げる。

少しだけ身体を捩《よじ》った奏音は、伏《ふ》せた目元に恥じらいを滲ませながらも抗《あらが》うことなく二階堂に身を委《ゆだ》ねた。

「恥ずかしい？」

「だって、なんか……違う」

左目の目尻《めじり》にある黒子《ほくろ》が、絶妙な艶《つや》を放っている。

しかし深夜の教会で二階堂に見せた妖艶《ようえん》な雰囲気はなく、初夜を迎える乙女《おとめ》のようだ……とごく当たり前のように思い浮かんで、そんな己の思考に戸惑う。

奏音の纏う清潔な色気が、二階堂にこれまでにない渇きを感じさせた。

「なにが違う？」

「わかんない。けど……信乃さんも、僕も……」

違う、か。

確かに、奏音の言わんとしていることは間違ってはいない。

これまでベッドを共にした人数は憶《おぼ》えていないけれど、誰を前にしてもこれほどの緊張と昂《たかぶ》りを感じたことはなかった。

特別だとか例外だとか、自分にとっての奏音は、既存のどんな言葉でも言い表すことなどできない。

「確かに……初めて、君に触れるみたいだな」

この一年のあいだに鬱積《うっせき》した想いが、どんな形で現れて……奏音に向かうか自分でも予想がつかない。

奏音が大事で、大切にしたくて……触れるのが怖くて堪らない。冷静に振る舞おうとすればするほど、指先が無様に震える。

……どうにかなりそうだ。

一旦《いったん》奏音から手を引こうとしたところで、ギュッと両手を握られた。

「信乃さん」

静かに二階堂を呼んだ奏音を見下ろすと、穏やかな目でこちらを見ていた。

こうして奏音と視線を絡ませていると、愛しさばかりが込み上げる。懸念したような、鬱屈したものは……ない。

ふっと息をついた二階堂は、自然と唇がほころぶのを感じた。

大丈夫。自分は、奏音を傷つけない。大事に……大切に、この腕に抱くことができる。

そう確信することができて、妙な緊張が解ける。

「奏音。こんなふうに触れることができるなんて……思わなかった。戻ってきてくれて、ありがとう」

そっと奏音の頬を包み込み、手のひらにぬくもりを感じる。

高潔で健全な少年が、自分の手を取ってくれる。まるで、奇跡だ。

「ありがとうは、僕の言葉だ。勝手な僕を、受け入れてくれて……ありがとう。好きだよ、信乃さん」

「ん……愛してる、奏音」

愛だなんて、滑稽《こっけい》だ。

神を前にして永遠を誓《ちか》っても、心は変わる。愛を大義名分にして、他人を憎んだり傷つけたりする。

これほど不確かで罪作りなものはない。自分は、絶対にそんなものに振り回されない。

そう……高《たか》を括《くく》っていたのに、たった一人の少年によって根底から覆《くつがえ》されてしまった。

しかも、豊川曰《いわ》く『人間らしい』自分も悪くないなどと思うあたり、重症だ。

「だから、お願いだ。今度おれの前から消えるなら、殺してからいなくなってくれ」

他人が聞けば、冗談だろうと笑うかもしれない言葉は、心からの懇願《こんがん》だった。奏音は、そんな二階堂を理解してくれている。

二階堂と視線を絡ませたまま、宗教画のマリアのように、慈愛に満ちた笑みを浮かべてうなずいた。

「うん。わかってるよ。……誓いのキス」

二階堂の手に自分の手を重ね、伸び上がって唇を触れ合わせてくる。やわらかな唇が離れようとしたところで、強く背中を抱いて口づけを深いものにした。

「ン……、ぅ」

この手も、唇も……吐息さえも、おれのものだ。

言葉にならない思いは、触れている奏音に伝わっているはずだ。熱い口腔《こうこう》を探る舌に、ぎこちなく応えてくる。二階堂の背を抱き返す手は……微塵《みじん》も不安を感じさせない。

「ふ……ッ」

足元がふらつき、縺《もつ》れるようにしてベッドに倒れ込んだ。容赦なく圧《の》し掛《か》かった二階堂は重いはずなのに、奏音は背中を抱く手を緩めようとしない。

「信乃さん。他の人みたいにできないと思うし、僕じゃ……足りないかもしれないけど、どんなことでもするから。練習も、するし。一回でもういい、って嫌にならないで」

二階堂の髪を両手で掻き乱した奏音は、こちらを見上げる目にほんの少し不安を滲ませている。

グッと眉を顰めた二階堂は、耳元に齧りついて愚かな発言を咎《とが》めた。

「奏音を……誰と比べるって？　誰を抱いても満たされることはなかった。セックスは奉仕だ。快楽を得ようとも、なにかを受け取ろうとも望んだことはない。でも……奏音は知っているだろう？　君に触れると、際限なく貪欲になる」

触れられることによる生物としての反射ではなく、心から昂るということを、この少年に教えられた。求められるからではなく、自ら欲して手を伸ばしたのも初めてだ。

「おれを……こんなふうにするのは、奏音だけだ」

熱っぽい吐息と共に真実を漏らして、頸動脈《けいどうみゃく》を流れる奏音の脈動を舌先に感じながら下肢《かし》を密着させる。

こんなふうに、の意味が明確に伝わったはずだ。奏音の足がビクッと震え、躊躇いがちに膝《ひざ》を立てた。

二階堂の肩口に顔を押しつけたまま……手探りで、自分の穿《は》いているジーンズと二階堂のパンツを乱す。

奏音の指が屹立《きつりつ》に触れてくると、熱っぽい吐息が零れた。

「こんな、信乃さん……知ってるの、僕だけ？」

「そうだ」

潤んだ目で奏音を見下ろす。窓から差し込む月明かりに照らされた奏音は、嬉しそうに笑って指に力を込めた。

「……奏音、ここ……怖かったんだろう？　ゆっくり、するから」

奏音が膝を立てたおかげで、腿《もも》のあいだから潜り込ませた指先が容易に後孔に届く。触れながら口にすると、二階堂の肩口にある奏音の頭が小さく左右に揺れた。

「怖かったのは、信乃さんにされること……全部、気持ちよくてどうにかなりそうだったから。あの、ね……信乃さんの指、思い出して、自分でしてたから……大丈夫」

恥じらいを含む密《ひそ》やかな告白に、カーッと身体が熱くなった。

グッと奥歯を嚙み、暴走しそうな自分をギリギリのところで抑え込む。

「ッ……君は、どれだけおれを掻き乱せば気が済むんだ」

「いやらしい、って嫌になった？」

「そんなわけ、ないだろう。っくそ、優しく触れたかったのに……ひどいことをしそうだ」

「優しくなくて、いい。信乃さんが、誰にもしたことがないようにしてよ。僕は、どんなふうにされても気持ちいいから」

お願い、と。

肩口を甘嚙みして口にした奏音に、なんとか繫ぎ止めていた理性の尾を手放した。

年長者としての余裕や気遣いなど、知ったことか。

「もっと、脚……開いて」

「ん」

サイドデスクに手を伸ばして潤滑作用のあるジェルを取る。キャップを開けて乱雑な仕草で握り込み、膝を割って開かせた奏音の脚のあいだに、滴《したた》るほど絞り出した。

「こんなもの、用意して……いつ連れ込んでやろうかと、窺《うかが》っていた。馬鹿みたいだろ」

「ううん。僕のこと、傷つけないように……って準備してくれてたんだよね。嬉しいだけ」

自嘲《じちょう》の笑みを浮かべた二階堂に、奏音は綺麗な笑みを浮かべて両手を伸ばしてくる。首に腕を巻きつかせて二階堂を引き寄せると、両膝でそっと二階堂の腰を挟み込む。

「信乃さん。もっと、深く……近くに感じたい。信乃さん……が、欲し……ッ、ぁ……あ!」

奏音の言葉が終わるのを待てなくて。二階堂は、強く奥歯を嚙み締めてゆっくりと身を沈めた。

「……ッく」

熱く、ねっとりと絡みついてくる粘膜《ねんまく》の狭さに、眉間に皺を刻む。

ぬめりに助けられて受け入れることはできても、慣らしていないのだから苦痛を感じないわけがない。

それなのに奏音は、動きを止めた二階堂の背に爪《つめ》を立てて遠慮を咎める。

「やめ……たら、ッん……怒る、よ」

「ふ……っ、怖いな。おれは、君に怒られるのが、なにより怖い」

唇をほころばせた二階堂は、潤滑ジェルのせいで滑る手で奏音の脚を抱え直すと、これまで以上に深く身体を重ねる。

「っあ！　ッ……っ、ぁ」

ビクビクと身体を震わせる奏音を睨みつけるようにして見下ろしながら、思考が痺《しび》れるほどの心地よさに身を任せた。

気遣うことなどできない。ただ、奏音が欲しい……と情欲に突き動かされるまま、夢中で貪《むさぼ》る。

奏音は、もう……声もなく、かすかな吐息を零すしかできないらしい。それでも二階堂に縋《すが》りついた手を離すことなく、すべてを受け止めた。


「ふ……、ぅ」

「奏音？　大丈夫か？」

汗で額に張りつく前髪を指先で払い、目を覗き込む。

半ば意識を飛ばしていた奏音は、ようやくその瞳に光を取り戻して二階堂と視線を絡ませた。

「へーき……」

小さく答えて、二階堂の手に唇を押しつける。しばらく手指を弄《いじ》っていたけれど、ふと左手に残る傷跡の上で指を止めた。

「信乃さん、この手の傷って……」

「ああ、中学に入る前かな。同じクラスに、すごくピアノの上手な子がいたんだ。合唱コンクールの伴奏を、おれか彼か……ということになって、おれはどうでもよかったんだけど、音楽教師が『二階堂くんに』なんて勝手に決めてね。ピアノ教室をしていた親からのプレッシャーがあったんだろうな。放課後、ナイフを持ち出してきて……グサリと。それで彼の気が済むなら、まぁいいかってわざと避けなかったら、結構な大事になって参ったよ」

淡々と過去を語ると、奏音はそっと眉を顰めて自分のほうが痛そうな顔をした。

その奏音を見ながら、今の自分ならどうするだろうと考える。

奏音がこんな顔をするのなら……避けるかもしれない。

「もう、僕の信乃さんを傷つけたら、ヤダよ」

「……ああ」

この場しのぎの適当な返事ではなく、「わかってる」とうなずく。

誰かのために、自分を大事にしようなんて……考えたこともなかった。奏音が望むのなら、生きるのもさほど面倒ではないと思えるから不思議だ。

ベッドに上半身を起こした奏音は、「絶対だからね」と二階堂と指切りをして、ふと窓に顔を向けた。

「あ、ねぇ……信乃さん。この部屋の窓から、教会の桜が見えるんだね」

「……そう、なんだ」

かすかに首を捻って曖昧な相槌《あいづち》を打つと、奏音はくすりと笑って二階堂の手を引いた。

「初めて知ったみたいな顔。知らなかったわけじゃ……ない、よね？」

奏音が指差した先には、確かに桜の樹がある。全体像は見えないが、月明かりに照らされて白く浮かぶ満開の花を纏った枝と、風に舞う花弁が目に映った。

知らなかったわけがない。毎年、この時季は咲いていたはずで……。

「綺麗だ」

そっとつぶやいた二階堂に、奏音は「うん」と微笑を浮かべた。

綺麗だと、そう思えることが不思議だった。奏音が傍にいるだけで、見慣れた風景も聴き慣れたオルゴールの音も、すべてが美しい。

以前、豊川が口にした、『共鳴』という言葉を思い出す。奏音と自分は、どんなに近づいてもひとつに溶け合うことはない。

ひとつではないからこそ、響き合い、同調し……美しい和音が生じるのかもしれない。

あとがき

こんにちは、または初めまして。真崎ひかると申します。『共鳴関係』をお手に取ってくださり、ありがとうございます。

楽器や夜桜はなんとなく妖艶な感じがするなぁと思っています。夜の教会も、などと不信心な発言をしたら信徒さんや聖職者さんに怒られますね。精神年齢逆転カップルになりましたが、陽貴のように『破れ鍋に綴じ蓋』と生あたたかく見守っていただけると幸いです。

大変なご迷惑をおかけしてしまいましたのに、とてもとても綺麗なイラストをくださった椿森花先生、ダメなオトナなのに美形な二階堂と、清潔感がありながら色っぽい奏音……二人に素敵なビジュアルをありがとうございました！　本当に申し訳ございませんでした。

担当H様にも、もう聞き飽きているに違いない謝罪を重ねてさせてください。とんでもないご迷惑とお手数をおかけして、申し訳ございません。今回もありがとうございました。

ここまでお目を通してくださった読者様には、抱えきれないくらいの感謝を！　ありがとうございました。ちょっぴりでも楽しんでいただけていたら、嬉しいです。

それでは、駆け足ですが失礼します。またどこかでお逢いできますように。

二〇一四年　　ご近所の藤が綺麗です　　真崎ひかる

✦初出　共鳴関係……………書き下ろし
　　　　同調和音……………書き下ろし

真崎ひかる先生、椿森花先生へのお便り、本作品に関するご意見、ご感想などは
〒151-0051 東京都渋谷区千駄ヶ谷 4-9-7
幻冬舎コミックス　ルチル文庫「共鳴関係」係まで。

幻冬舎ルチル文庫

共鳴関係

2014年5月20日　第1刷発行

✦著者	真崎ひかる　まさき ひかる
✦発行人	伊藤嘉彦
✦発行元	株式会社 幻冬舎コミックス 〒151-0051 東京都渋谷区千駄ヶ谷 4-9-7 電話 03(5411)6431［編集］
✦発売元	株式会社 幻冬舎 〒151-0051 東京都渋谷区千駄ヶ谷 4-9-7 電話 03(5411)6222［営業］ 振替 00120-8-767643
✦印刷・製本所	中央精版印刷株式会社

✦検印廃止

ISBN978-4-344-83131-5　C0193　Printed in Japan